Gotthard Feustel

Die Geschichte der Homosexualität

Gotthard Feustel

DIE GESCHICHTE DER HOMOSEXUALITÄT

Albatros

Titel der Originalausgabe:
Die andere Liebe [eine illustrierte Geschichte der Homosexualität]

Die Edition Leipzig ist ein Unternehmen der Verlagsgruppe Dornier

Bibliographische Information der Deutschen Bibliothek
Die Deutsche Bibliothek verzeichnet diese Publikation
in der Deutschen Nationalbibliographie; detaillierte bibliographische Daten
sind im Internet über http://dnb.ddb.de abrufbar.

Genehmigte Lizenzausgabe für Albatros im Patmos Verlagshaus

Albatros Verlag, Düsseldorf
Umschlaggestaltung: Hauptmann und Kampa, CH-Zürich
Umschlagmotiv: Hippolyte Flandrin, »Young Man Beside the Sea«, 1837

ISBN 3-491-96077-0
www.patmos.de

Inhalt

Vorwort

Überblickt man die Geschichte der weiblichen und männlichen Homosexualität in den letzten zwei Jahrtausenden, so gleicht dieser Blick der Betrachtung eines Leidensweges.

Griechen und Römer haben die gleichgeschlechtliche Liebe als eine mögliche, unter Umständen auch nur zeitweilige Lebensäußerung menschlichen Daseins einfach akzeptiert. Erst mit der Ausbreitung des Christentums kam sie in Verruf. Die Missionare des neuen Glaubens hielten unter oft recht konstruierten Berufungen auf die Bibel die Homosexualität für verfolgungswürdig, weil sie nicht der Fortpflanzung diente, der einzigen Bestimmung, die sie dem Sexus zubilligten.

Das Mittelalter errichtete für die Schwulen Scheiterhaufen, die Aufklärung, die ein solches Vorgehen barbarisch und irrational fand, machte aus den Teufelsbündlern »Kranke« und verwies sie in die Nervenanstalten. Das 19. Jahrhundert verwandelte in zahlreichen Ländern die »Patienten« wieder in »Kriminelle«, und die Nazis erhoben sie gar zu Staatsfeinden.

In den bürgerlich-parlamentarischen Demokratien der Gegenwart ist die rechtliche Gleichstellung der Homosexuellen beiderlei Geschlechts weitgehend gesichert, was jedoch nicht bedeutet, daß ihre Diskriminierung aufgehört hätte. Auch heute noch spricht man gerne von der »Gefahr für Jugend, Ehe und Familie«, wenn von gleichgeschlechtlicher Liebe die Rede ist.

Der Leidensweg der Homosexuellen durch die Geschichte ist gleichzeitig ein Weg durch die Jahrhunderte patriarchalischer Herrschaft. Das hatte zwei gravierende Folgen. Zunächst fand man es stets »schändlicher«, wenn Männer Männer liebten, und dies wurde entsprechend schärfer geahndet. Andererseits wurde die Frau-Frau-Liebe als autonome Gefühlsäußerung nie so recht ernstgenommen. Daraus resultiert wiederum, daß die historische Quellensituation weit weniger Aussagen zur Geschichte der lesbischen Lebensform zuläßt. Außerdem sind uns meist nur die Biographien von Berühmtheiten überliefert, aber nur wenige Frauen konnten in einer patriarchalischen Gesellschaft so weit vorankommen, daß die Chronisten auf sie aufmerksam wurden. Selbst darin spiegelt sich die jahrhundertelange Unterdrückung der Frau.

Dieses Buch wurde von einem Heterosexuellen geschrieben, der sich bei jedem Kapitel den berühmten Nathan-Satz vor Augen hielt, der Mensch möge einer von Vorurteilen freien Liebe nachgehen. Vielleicht können die Betroffenen bei der Lektüre dieses Buches anerkennen, daß zu den eingetretenen Veränderungen auch diese Tatsache gehört.

Zudem bekennt sich der Autor zu einem Satz eines sehr namhaften Politikers: »Ich habe einen Traum, und Schwule und Lesben sind ein Teil davon.« Er stammt von Bill Clinton.

Gotthard Feustel

Berlin, Juli 1995

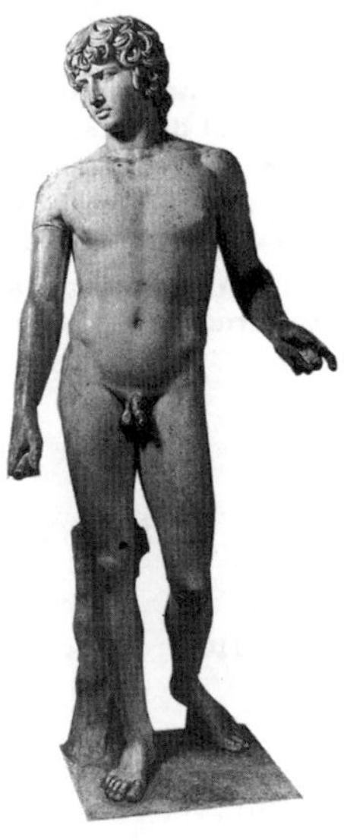

Griechische Knabenlust und römische Eskapaden

Die menschlichen Götter

Der Himmel der Antike war wie eine große Projektionsfläche. Was in den Menschen von damals an Edelmut, an Standhaftigkeit und Tapferkeit war, aber auch was sie an Haß und Niedertracht hervorbrachten, das trugen sie nach oben über die Wolken und legten es ihren Göttern in die Seele. Nie wieder in der Menschheitsgeschichte waren Götter so »ungöttlich«, so menschlich. Sie wollten ihre irdischen Untertanen weder moralisch läutern, noch verkündeten sie ihnen irgend ein Seelenheil, sie versprachen ihnen nichts und konnten demnach auch nicht beim Wort genommen werden: die Gottheiten als Spiegelbilder der Menschen.

Deshalb konnten im Himmel nur Formen der sexuellen Beziehungen gepflegt werden, die es in Hellas wirklich gab. Und so nimmt es nicht wunder, daß die erste poetische Verklärung der Homosexualität – eine Göttersage ist:

Ganymed war ein Jüngling. Er war so schön, daß Zeus meinte, ein Knabe von solcher Makellosigkeit dürfe nicht den Menschen überlassen bleiben. Er ließ ihn im Ida-Gebirge aufspüren und von einem Adler in den Olymp entführen, wo er ihm als Mundschenk gefällig war. Die Sage hat ohne Zweifel wenn auch noch keine homosexuelle, so doch bereits eine homoerotische Komponente, denn das Schönheitsurteil wird hier von einem männlichen Gott auf einen irdischen Jüngling bezogen. Und diese Chiffrierung muß den Griechen genügt haben. Sie vermochten die Sage schon richtig zu lesen, denn gleichgeschlechtliche Beziehungen waren ihnen nicht fremd.

Homosexualität in der griechischen Mythologie. Dieses Thema hat die künstlerische Phantasie immer wieder angeregt, wie hier in dem Bild »Das Reich der Flora«. Rechts neben Flora steht der blondgelockte Hyazinth, den Apollon begehrte und der ihn nach seinem unglückseligen Tod in Hyazinthe weiterleben läßt. Gemälde von Nicolas Poussin, 1630/31. Gemäldegalerie Dresden

Der Begriff der Homosexualität war in der Antike noch nicht bekannt. (Er entstand erst viele Jahrhunderte später.) Die Griechen bezeichneten die Beziehungen eines Mannes zu einem (meist jüngeren) Mann als Päderastie. Hier wird der Unkundige stutzen, denn er vermutet zu Recht in dem Wort die gleiche semantische Wurzel wie in Pädagogik. Es setzt sich ethymologisch aus den Komponenten *pais, paidós* (Kind) und *erastos* (Liebhaber) zusammen. Unverkennbar ist, daß die Päderastie als Form der gleichgeschlechtlichen Beziehung (und es handelte sich um innere Zuneigung und nicht um vordergründigen Sex) etwas mit Lehre zu tun hatte.

Päderastie als gesellschaftliche Institution

Der Liebhaber war für die intellektuelle, charakterliche, oft sogar militärische Ausbildung seines Geliebten verantwortlich. Damit wurde die päderastische Beziehung zu einer Art gesellschaftlichen Institution. Das homophile Verhältnis endete, wenn der Jüngling zum Mann herangereift war und damit ehefähig wurde.

Daß die Päderastie, innerhalb derer die Sexualität nur eine mögliche, in den meisten Fällen keineswegs die wichtigste Rolle spielte, im alten Griechenland eine sol-

»Der Raub des Ganymed« – die unsterbliche mythologische Entstehungslegende der Homosexualität, dargestellt auf einem Gemälde von Peter Paul Rubens, um 1635. Museo del Prado, Madrid

Mann-männliche Spiele, dargestellt auf einem antiken Kelchkrater aus der Zeit nach 510 v. Chr. Antikenmuseum, Berlin

che Verbreitung und soziale Akzeptanz finden konnte, hängt mit den desperaten Verhältnissen in der griechischen Ehe zusammen. In ihr führte die Frau ein Aschenputtel-Dasein. In der Regel ungebildet oblag ihr lediglich die Führung des Haushaltes und die Erziehung der Kinder. Sie trat in der Öffentlichkeit nie an der Seite ihres Gatten in Erscheinung. Der zeigte sich lieber in Gesellschaft einer gebildeten Hetäre oder eines schönen Jünglings. Prostitutionskultur und Päderastie beruhen auf denselben gesellschaftlichen Grundlagen.

Phänomen Sappho

Um die Stellung der griechischen Ehefrau zu verbessern und sie durch Bildung ihrem Mann ebenbürtiger zu machen, gründete auf der Insel Lesbos die wohl bedeutendste Dichterin der frühen europäischen Literaturgeschichte ein Bildungsinstitut für heiratsfähige Mädchen: Sappho. Sie unterwies ihre weiblichen Schützlinge in Fragen der Lebensführung, erörterte mit ihnen populäre Fragen der Philosophie, öffnete ihnen die Augen für die Schönheiten der Natur. In ihren Gedichten verherrlichte sie die Liebe, ein Thema, das ihren männlichen Dichterkollegen nicht einmal zu beschreiben in den Sinn gekommen wäre. Daß die Liebe in dieser Gemeinschaft von Frauen auch wirklich praktiziert wurde, steht außer Frage, obwohl die Phantasie der Nachkommen mehr in das Treiben auf Lesbos hineininterpretiert hat. In seiner Brief-Monographie stellte Joachim Fernau die sexuelle Komponente im Kreise der Sappho so dar, wie sie vermutlich der Wirklichkeit entsprach. Da schreibt Alkaios: »Alle Mütter rühmen Dich, weil Du die jungen Mädchen nicht nur zum Edlen, zum Schönen, zu Weisheit und Anmut erziehst, sondern auch in vernünftigen Dingen des Alltags. Auch bereitest du sie auf den Mann vor, denn die meisten der Mädchen heiraten ja, wenn sie von Dir weggehen. Ach Sappho, halt ein, halt ein! So genau brauchst Du sie nicht zu unterweisen! – Welches Unglück, wenn Deine Mädchen später Deine Spiele nie mehr vergessen können und sie den Spielen der Männer vorziehen! Was tut ihr Zauberinnen? Stehlt bloß nicht den Männern die Frauen weg!« Alkaios spricht also von einer auf Lesbos erworbenen Neigung zur gleichgeschlechtlichen Liebe zwischen Frauen. Man war auf Lesbos lesbisch. Das Wort hat sich bis auf unsere Tage erhalten.

Typisch für päderastisches Sexualverhalten in der Antike: die Aktivität geht stets vom Älteren aus. Innenbild einer rotfigurigen attischen Schale, um 520 v. Chr. Nationalmuseum, Neapel

Sappho war schon zu ihren Lebzeiten eine Legende. Man erzählte sich, daß jener erwähnte Alkaios, ein bedeutender Lyriker seiner Zeit, ebenso unsterblich wie unglücklich in sie verliebt gewesen sei. Von Sappho selbst heißt es, sie habe ihr Herz ohne Gegenliebe an den schönen Griechen Phaon verschenkt, weswegen sie sich vom leukadischen Felsen gestürzt haben soll.

Die Legendenbildung zeichnete hier die heterosexuelle »Wende« der eindeutig lesbisch veranlagten Sappho vor. Die patriarchalisch beherrschte Nachwelt hat dies auf ihre Weise interpretiert, nämlich dahingehend, daß die Frau-Frau-Liebe nicht ernst genommen werden müsse, da jedes Weib letztlich für die »natürliche«, also heterosexuelle Liebe bestimmt sei und nach möglichen »Abirrungen« auch zu ihr zurückkehre. Die Männergesellschaft nahm daraufhin lesbische Liebe nicht weiter wichtig. Die Folgen waren verheerend.

Von nun an glaubte die Sozialgeschichte auf die Darstellung dieser sexuellen Lebensweise, da sie doch »belanglos« war, verzichten zu können. Dokumente lesbischer Liebe fehlen uns über Jahrhunderte. Die Historiker schweigen über einen Tatbestand, den sie in ihrer verengten Sicht für nicht weiter erwähnenswert hielten. Dieses Schweigen wurde erst gebrochen, nachdem in der Neuzeit die Frauenbewe-

Schon zu ihren Lebzeiten eine Legende: die griechische Dichterin Sappho, die ihre Schülerinnen in die Geheimnisse der lesbischen Liebe einwies. Gemälde von Gustave Moreau, um 1860. Viktoria & Albert Museum, London

Die griechischen Männer fanden meist die Knaben oder Hetären aufregender als die Gemahlin, die sich – wie diese Terrakotta-Figur aus dem 4./3. Jh. v. Chr. anmutet – durch Einfalt und bloße Hausfraulichkeit auszeichnete. British Museum, London

gung diesen Sachverhalt energisch wieder zum Thema der Erörterung und zum Stoff für gesellschaftliche Diskussionen machte.

Vom Sterben einer Elitetruppe

Es ist keineswegs so gewesen, wie apologetische Interpreten immer wieder behaupten, daß die unverdeckt praktizierte gleichgeschlechtliche Liebe ein Phänomen der Endphase des alten Griechenlands gewesen sei, ein Symptom seines Untergangs. Die Päderastie gab es bereits in der griechischen Blütezeit, in der Periode der größten imperialen Machtentfaltung, und sie war keineswegs auf das sinnenfrohe Athen beschränkt; sie kam genauso im strengen, soldatisch orientierten Sparta vor.

Griechenland zog aus diesen gleichgeschlechtlichen Beziehungen sogar militärischen Nutzen. Aus den homophilen Jünglingen formierte man Eliteeinheiten, sogenannte Heilige Scharen. Eine von ihnen kam im Kampf gegen Philipp II. von Mazedonien im Jahre 338 v. Chr. auf dem Schlachtfeld von Chaeronea um. Und wenn man Plutarch glauben darf, so soll Philipp beim Anblick der toten Jünglinge gesagt haben:

»Verflucht sei jeder, der meint, daß diese Männer irgend etwas Niedriges geduldet oder getan haben.«

Interessanterweise signalisiert die Tatsache, daß Philipp die Toten gegen etwas »Niedriges« in Schutz nehmen zu müssen glaubte, daß sich allmählich ein Meinungsumschwung in der griechischen Öffentlichkeit anbahnte. In ihr wuchs die Befürchtung, daß aus den temporären Jung-Homophilen Homosexuelle auf Dauer werden könnten. Man traute nicht mehr so recht der Überzeugung, daß die päderastische Periode nur eine Sache auf Zeit sei, vielmehr fürchtete man, daß dadurch womöglich Ehe- und Zeugungsfeindlichkeit entstünde. Ob diese Angst berechtigt war, läßt sich heute kaum noch nachvollziehen. Jedenfalls belegen die auf uns gekommenen Vasenbilder etwas anderes. Auf ihnen ist zu sehen, daß der Ältere fast immer vor dem Jüngeren steht und sein Geschlechtsteil gegen dessen Oberschenkel stößt, niemals in den Anus. Letzteres wäre einer Entwürdigung des jungen Mannes gleichgekommen. Analverkehr war nur mit männlichen Prostituierten denkbar, und die standen in der Sozialhierarchie Griechenlands auf einer weit niedrigeren Stufe.

Aufschlußreich ist auch der Gesichtsausdruck, den die Dargestellten zeigen. Sexuelle Erregung demonstriert auf fast allen Bildern nur der Ältere, während der Jüngere weitgehend Unbeteiligtsein verrät. Er läßt den Partner, mit dem ihn mehr verbindet als der Sexus allein, gewähren, er betrachtet die Sache als einen Liebesdienst innerhalb einer Beziehung, die noch auf ganz anderen Grundlagen beruht.

Päderastie als Durchgangsphase männlicher Daseinsentwicklung, nicht als sexuelles Prägungsereignis für ein ganzes Leben – so wollte die griechische Gesellschaft das Phänomen betrachtet wissen.

Platons Liebe wird platonisch

Der spätere Meinungswandel spiegelt sich am auffälligsten im Werk Platons. Noch in seinen »Charmides« schwärmt er von einem besonders wohlgebauten Knaben: »Wenn er nun seinen Mantel ablegen würde, so wirst du vergessen, daß er überhaupt ein Gesicht hat, so überwältigend schön ist er anzusehen.« Später jedoch versucht er, die Sexualität aus der päderastischen Beziehung gänzlich herauszufiltern. So heißt es in der »Politeia«, der Ältere dürfe den Jüngeren zwar küssen, auch ihn

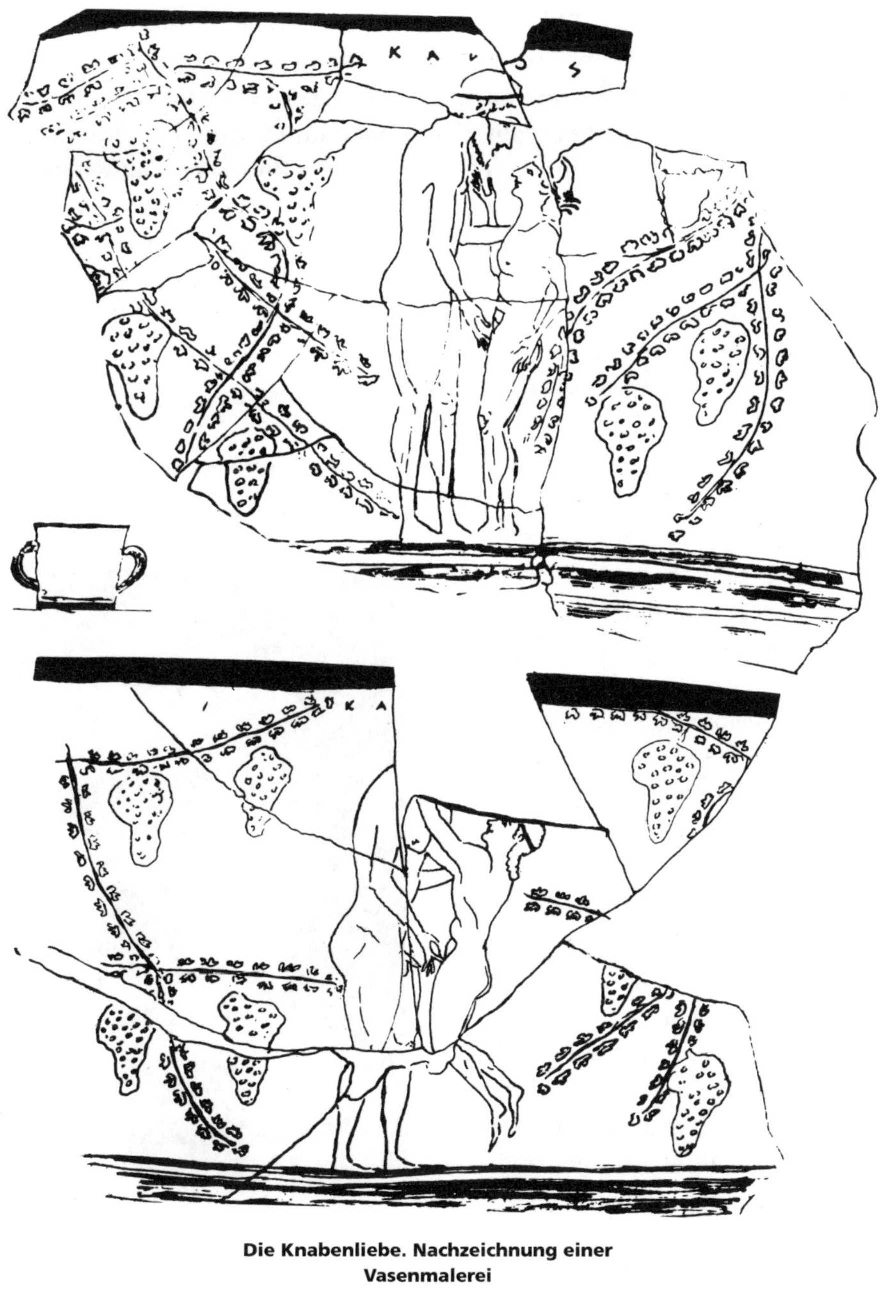

Die Knabenliebe. Nachzeichnung einer Vasenmalerei

berühren wie einen Sohn (!) – aber nur um des Schönen willen und auch nur dann, wenn sich der Knabe mit solchen Harmlosigkeiten einverstanden erkläre. Platons Liebe wird platonisch.

Im Spätwerk wird Platon sogar noch drastischer. Jetzt spricht er von der Staatsgefährlichkeit der homophilen Erotik, die »vorsätzlich zum Absterben des menschlichen Geschlechts beiträgt« und die den Zeugungskeim auf Fels und Stein legt, wo er niemals feste Wurzeln fassen und zu einer »natürlichen Entwicklung« gelangen kann.

Hier prägt der »heidnische« Platon schon eine christliche Position vor: Heterosexualität ist »natürlich«, Homosexualität ist »unnatürlich«.

Diese »unnatürlichen« Homosexuellen werden nun im Griechenland der Endphase zunehmend verunglimpft. Zwar gibt Platon noch im »Gastmahl« eine poetisch anmutende Sexualgenealogie, indem er Aristophanes dort sagen läßt: »Am Anfang gab es unter den Menschen drei Geschlechter, nicht wie jetzt nur zwei, sondern noch ein drittes Geschlecht, welches das gemeinschaftliche war von diesen beiden: das androgyne (zweigeschlechtliche, G. F.) nämlich, dessen Gestalt und Name sich aus jenen beiden zusammensetzt, dem männlichen und dem weiblichen: jetzt aber ist dieser Name nur noch als Beschimpfung vorhanden.«

Tunte Agathon

Die Beschimpfungen, die zwei Jahrtausende lang aus dem Munde der »Normalen« kommen werden, nehmen bei Platon ihren Anfang, und sie werden im Laufe der Zeit an Heftigkeit immer mehr zunehmen. Aristoteles setzte die gleichgeschlechtliche Liebe in der Skala der menschlichen Verbrechen neben den Kannibalismus und meinte, daß es sich dabei nicht um ein Vergnügen, sondern um eine Krankheit handelte. In den volkstümlichen Komödien wurden die Homosexuellen als *euryproktoi*, als »Weitärschige« bezeichnet, von denen der bekannteste der Athener Schriftsteller Agathon war, den Aristophanes sich beeilte auf die Bühne zu bringen, um ihn in Damenkleidern der Lächerlichkeit preiszugeben. Vorbei sind nunmehr die Zeiten, in denen sich ein sich seiner selbst bewußtes Griechenland von den Versen Theokrits entzückt zeigte:

Hinsichtlich der Homosexualität vollzog er den Wandel von der Akzeptanz zur Ächtung: Platon. Marmorbüste. Kapitolinisches Museum, Rom

»Furchtbar! Wie das bedrückt! Wie diese Qual mich krank und elend macht!
Seit zwei Monaten schon liebe ich ihn – wie im Fieber!
Richtig schön ist er nicht – dafür umgibt Anmut und Grazie
seine ganze Person. Ach und so süß lächelt sein Wangenpaar!
Es gibt Tage, da drückt mich diese Pein, dann wieder läßt sie nach.
Doch bald find ich in mir nicht mehr die Ruh für ein bißchen Schlaf.
Gestern huschte sein Blick, so im Vorbei, schräg zu mir her, ganz kurz:
Ins Gesicht mir zu sehen, wagte er nicht, doch er errötete.
Und das griff mir ans Herz, mehr als zuvor faßte die Liebe mich.«

Die hellenistischen Stadtstaaten verloren ihre Unabhängigkeit und gingen in das makedonische Weltreich über. Die homophile Lyrik und die päderastische Meditation, die kunstvoll vergeistigten Dialoge über die Frage der Homosexualität verloren ihre Heimat. Doch sie fanden eine neue. Alle Wege weisen nach Rom.

Die Sklaven der Lust

Der freie Römer war ein integrer Mann, sein Sklave war sein Eigentum, eine Unperson, eine Sache. Nach diesem sozialen Muster funktionierten auch die homoerotischen Beziehungen. Wer zum Beispiel den Sohn eines römischen Bürgers verführte, mußte schon deshalb mit einer beachtlichen Bestrafung rechnen,

Homoerotische Szene auf einem Grabesfresko in Paestum, um 490 v. Chr. Paestum, Museum

weil er in die Familienhierarchie, die den Vater als Sippenvorsteher privilegierte, in unstatthafter Weise eingegriffen hatte. Außerdem war der Vorgang als Würdeverletzung eines freien Mannes auslegbar.

Ganz anders lagen die Dinge bei den Sklaven. Mit ihnen konnte man machen, was man wollte – auch in sexueller Hinsicht. Da der Sklave oder die Sklavin gegen die Wünsche und Befehle seines Herrn beziehungsweise seiner Herrin nichts einwenden durfte, galten in diesen Beziehungen keinerlei moralische Kategorien. Mann-Mann- und Frau-Frau-Beziehungen widersprachen in dieser Konstellation nicht dem Gesetz, sie wurden von ihm gar nicht erfaßt.

Zudem verstand man im alten Rom unter Liebe nicht so sehr eine Bindung des Herzens, eine Zuwendung zweier Seelen, man begriff sie vielmehr primär körperlich, man liebte nicht, man »machte Liebe«. Das Zusammensein der Geschlechter war in erster Linie Triebbefriedigung, was der sexuellen »Benutzung« von Sklaven noch Vorschub leistete.

Die Liebe wird zur Kunst

Das änderte sich erst im letzten vorchristlichen Jahrhundert. Der römische Geschmack verfeinerte sich. Man wandte sich der Mode zu, bevorzugte galante Gespräche, brach in amouröse Schwärmereien aus, kurzum: man tat alles, um die Liebesdinge über das rein Animalische zu heben, Liebe war nicht mehr länger eine Orgasmus-Jagd. Liebe war Kunst, Liebeskunst. Ovids große Stunde schlug.

Der »Lustknabe« war meist auch Schüler seines älteren Geliebten, dessen Aufmerksamkeit er mit anmutigen Gesten auf sich zog. Bronzestatue, Mitte 2. Jh. v. Chr. Bibliothèque Nationale, Paris

Seine »Liebeskunst« ist ein poetischer Almanach mit ganz praktischen Ratschlägen, wie man sich dem begehrten Partner erfolgversprechend nähern sollte. Natürlich begriff Ovid diese Partnerschaft als heterosexuell. Der Knabenliebe stand er skeptisch gegenüber, und er begründete seinen Standpunkt mit ganz ähnlichen Argumenten, wie sie die griechischen Philosophen ins Feld geführt hatten. In der Beziehung eines älteren Mannes zu einem Jüngling, sagt er, könne nur der erstere Lust empfinden, und das widerspräche dem Wesen der Liebe, die beiden Partnern Vergnügen bereiten müsse. Von einer lebenslangen homoerotischen Disposition wußte Ovid nichts oder wollte nichts wissen.

Während sich Ovid mit solchen keineswegs neuartigen Standpunkten zufrieden gab, ging die Wirklichkeit deutlich einige Schritte weiter. Wie später auch, lieferten die jeweiligen Herrscher die sexuellen Modellfälle, die die Untergebenen entsprechend ihren Neigungen dann auch offen ausleben konnten.

Kaiser Augustus wurde nachgesagt, daß er zumindest in seiner Jugend homophile Neigungen hatte. Prompt verfaßte der ihm nahestehende Vergil ein homoerotisches Gedicht, das sich wie eine Übersetzung des griechischen Schwulendichters Theokrit ins Lateinische liest.

Nero heiratet einen Lustknaben und befördert einen Dichter

In der Ära Neros gerieten die Sitten außer Rand und Band. Der Kaiser hielt sich eine ganze Garde von Lustknaben, jeder spezialisiert auf eine besondere Art der Triebbefriedigung. Und dann die extreme Provokation des römischen Sitten- und Gesetzeskodex: Nero heiratete offiziell einen seiner Lustknaben, eine riesige sexuelle Komödie wurde in Szene gesetzt, die beweisen sollte, daß der allmächtige Herrscher auf nichts Rücksicht zu nehmen brauchte, daß er Menschen und Götter herauszufordern vermochte.

Im Gefolge solcher Extravaganzen fanden sich stets auch Dichter. Im Falle Neros war es Petronius, der mit seinem Roman »Satyrikon« den Nerv der sexuellen Umtriebigkeit seines Herrschers traf. Dieser bedankte sich bei »seinem« Dichter, indem er ihn zum »arbiter elegantiae«, zum Schiedsrichter in modischen (und sicher auch erotisch-sexuellen) Geschmacksfragen machte.

Nun darf man, was Petronius schrieb, nicht als eine literarisch aufbereitete neronische Sittengeschichte betrachten. Der Roman heißt schon zu Recht »Satyrikon«, weil er Gegenwärtiges nicht aufzeichnen, sondern mit satirischen Mitteln verfremden wollte. Der Text ist also im kulturgeschichtlichen Sinne nicht wörtlich zu nehmen. Immerhin beschäftigte sich jedoch Petronius recht ungehemmt mit der gleichgeschlechtlichen Liebe zwischen Männern. Dabei wandte er gelegentlich eine geradezu kabarettistische Dramaturgie an, erzählte nicht nur die Sache selbst, sondern war auf eine möglichst wirkungsvolle Pointe aus, was nachfolgendes Beispiel beweist:

Faun unterweist einen Hirtenknaben im Flötenspiel – nur darin? Antike Marmorgruppe. Nationalmuseum, Neapel

In Pergamon trifft ein Reisender auf einen bildhübschen Jüngling, der im Hause seiner Eltern lebt, bei denen der Fremde Quartier bezieht. Bei dem Ankömmling keimt sofort sexuelle Lust auf, wenn er den Knaben nur sieht. Durch verschiedene Tricks gelingt es ihm, im Zimmer des Jünglings zu schlafen. Dieser läßt sich von den Geschenkangeboten des Römers bestechen und gewährt ihm nach und nach alles, was dieser begehrt. Die Geschenke beginnen bei einem Paar Täubchen und enden schließlich bei einem Pferd. Das aber wird dem Gast doch etwas zu teuer. Als er in der Nacht – auch ohne Präsent – zu dem Jüngling ins Bett kriecht, erwidert der Knabe böse: »Schlafe! oder ich wecke den Vater auf und sag's ihm!« Nichts fürchtete der Fremde mehr als dies. – Doch im Laufe der Zeit verkehrt sich das sexuelle Verhältnis. Nun will der Jüngling, was er dem Älteren versagt hatte. Dieser ist natürlich vom Begehren des anderen entzückt. Nur hat er nicht bedacht, daß der Knabe, nun einmal auf den Geschmack gekommen, viel öfter will, als jener kann. Er ist ihm in einer Nacht viermal zu Gefallen. Als ihn der Jüngling das fünfte Mal weckt und seine Liebesdienste begehrt, erwidert der Fremde böse: »Schlafe! oder ich wecke den Vater auf und sag's ihm!«

Der Reigen der Lustbesessenen

Was die Literatur noch in geistvoll pointierter Verkürzung präsentierte, verkam in der römischen Wirklichkeit zu exzessiver Laszivität. Bevor Nero im 1. Jahrhundert n. Chr. alles überbot, was an Lasterhaftigkeit und Hemmungslosigkeit durch Roms Straßen und Paläste wogte, wurde Cäsar über 100 Jahre zuvor eine Affäre mit dem hübschen Nikodemes nachgesagt. Nach dem Sieg über Gallien sangen die Soldaten:

> »Gallien unterwarf der Cäsar, Nikodemes Cäsar'n einst.
> Siehe, Cäsar triumphiert jetzt, der die Gallier unterwarf.
> Nikodemes, triumphiert nicht, der den Cäsar unterwarf.«

Über Kaiser Tiberius berichtet der römische Schriftsteller Sueton: »Er hat Knaben vom zartesten Alter, die er seine ›Fischchen‹ nannte, angeleitet, ihm beim Baden an den Hüften herumzuschwimmen und zu spielen, ihn zu lecken und zu beißen; ja sogar, daß er sich von Halbwüchsigen an dem Schamgliede oder an den Brustwarzen habe saugen lassen. Daher er denn auch das bekannte Bild des Parrhasius, welches Atlante darstellt, wie sie dem Meleager mit dem Munde Wollust erregt, welches ihm mit der Bedingung vermacht worden war, daß er, falls er an dem Gegenstand Anstoß nähme, eine Million Sesterzen statt desselben erhalten solle, nicht nur der Bezahlung dieser Summe vorzog, sondern es sogar in seinem Schlafzimmer aufstellte.«
Patrizierfamilien ließen ihre heranwachsenden Söhne im Bett eines jungen Sklaven schlafen, damit dieser gleich zur Stelle war, wenn es die jungen Herren überkam. Daneben gab es ein ganzes Heer von männlichen und weiblichen Huren, die be-

reitstanden, den Männern in jeder erdenklichen Weise zu willen zu sein. Gegen Geld konnte der reiche Römer jede Art von Lust haben. Derweil fristeten die Ehefrauen, die rechtlich etwas besser gestellt waren als ihre griechischen Vorfahren, ein Schattendasein der Bedeutungslosigkeit, schnell alternd und zumindest auf sexuellem Gebiet jederzeit austauschbar gegen eine junge Hetäre oder einen noch jüngeren Lustknaben. Nero-Günstling Petronius meinte: »Man muß seine Frau lieben wie sein legitimes Einkommen, aber ich möchte nicht dazu verdammt sein, nur mein Einkommen zu lieben.«

Tiberius mit seinen Lustknaben und Dirnen, die ihn mit verschiedenen Liebesspielen zu neuer Wollust anregen sollten. Illustration, 1792

Reich geboren, arm gestorben

Das war eine Welt so recht nach dem Geschmack zweier Männer, bedeutende Dichter der Antike, die sich in ihren Werken offen zu ihrem Hang zur Knabenliebe bekannten. Der eine kam aus Verona und entstammte einer reichen Adelsfamilie. Sein Vermögen brachte er mit zahlreichen Jünglingen zweifelhaften Rufes durch. Dann wechselte er zur Heterosexualität über und vergnügte sich vier Jahre lang mit Clodia, der Gattin eines Prokonsuls, die als Lesbia in seine Dichtung einging. Schließlich aber kehrte er zu den Knaben zurück und unterhielt ein Verhältnis mit Juventius, den er als »Blume von lässiger und wollüstiger Jugendlichkeit« bezeichnete. Der junge Mann muß den Dichter wohl doch überfordert haben. Denn er soll – wie böse römische Zungen behaupteten – im Alter von 34 Jahren an Erschöpfung gestorben sein. Er hinterließ nichts als seine Gedichte, die ihn einst berühmt machen sollten: Catull.

In seinen Werken freilich ist von Erschöpfung kaum etwas zu spüren. Da tönt es mit aufschneiderischem Sex-Protzertum:

> »Ich werd's von hinten, werd's von oben euch besorgen,
> Lustmolch Furius und du Aurelius, Tunte!
> Falls aus meinen frivolen Versen ihr im Ernst den Schluß zogt,
> ich wäre ohne Anstand:
> Sittlich muß nicht des Dichters Wesen selbst sein,
> seine Dichtung hat's überhaupt nicht nötig!

Geistreich sind meine Verse erst zu nennen, wenn sie frech sind und sich nicht zieren,
wenn sie zu erregen verstehen, und zwar nicht so sehr gelenkige Burschen als gerade bärtge Greise, die kaum ein Glied noch rühren können.
Ich, weil von tausend Küssen ich geschrieben, erscheine euch nicht männlich? Ich werd's von hinten, werd's von oben euch besorgen!«

Auch der andere kam aus einer wohlhabenden Familie und starb als verarmter »Gast« einer reichen Witwe. Es handelt sich um den berühmten Martial, der im sonnigen Spanien, in Bilbilis in der Provinz Sarragona, um 40 n. Chr. zur Welt kam. Mit 25 Jahren reiste Martial in das sündige Rom und beschloß sogleich, lieber keiner geordneten Tätigkeit nachzugehen, sondern stattdessen im Gefolge berühmter Männer zu marodieren. Zu seiner Klientel gehörte Quintilian, ein berühmter Redner und späterer Erzieher des ebenfalls homosexuellen Kaisers Hadrian. Martial war mit dem knabenliebenden Dichter Juvenal befreundet und verehrte Plinius, den begnadeten Rhetoriker, auf eine keinesfalls platonische Weise. Aber auch viele niedrigeren Standes teilten sein Lager, was seine oft bösen, aphoristischen Gedichte belegen:

»Artemidor verkaufte sein Feld und hat nun den Knaben: Statt des Knaben besitzt Calliodorus das Feld.
Auctus, sage mir, wer von den beiden besser getan hat, Artemidorus, der liebt, Calliodorus, der pflügt?«

Ein nackter Jüngling signalisiert seinem Herrn Liebesbereitschaft. Bronzestatue, 5. Jh. v. Chr. Musée du Louvre, Paris

Oder:

> »Daß du die Brust, daß die Schenkel du dir, daß die Arme du rupfest,
> Daß den geschorenen Schoß gürtet gekürzetes Haar,
> Das, Labienus, geschieht – wer wüßte es nicht? – für die Geliebte.
> Wem zu Gefallen enthaart wird, Labien, dein Gesäß?«

Doch das fröhliche Treiben, das die Gedichte spiegeln, sollte bald ein Ende finden. Eine neue Religion kam vom jüdischen Palästina her nach Westeuropa. Sie fegte den römischen Sumpf trocken, so trocken, daß nur noch verhärtetes Gras in ihm wuchs. Das Christentum hat das moralische Gefüge Europas so stark, so radikal verändert, daß die Folgen seiner Sexual- und Familienethik bis in unser Jahrhundert wirken.

Die Bannflüche der Bibel – Chiffre Sodom

Der radikale Neuerer: Konstantin

Zu Beginn des 4. Jahrhunderts erklärte Konstantin der Große die neue Lehre, die aus dem Judentum hervorgegangen und zuerst in die hellenistische Welt eingedrungen war, zur römischen Staatsreligion. Trotz anfänglich heftiger Verfolgungen durch Rom konnte die Verbreitung des Glaubens nicht aufgehalten werden. Im Gegenteil: die Zahl der Gemeinden und der Reichtum ihrer Bischöfe war so stark gewachsen, daß die Kirche einen Staat im Staate bildete, ohne den die Stabilität des römischen Reiches, die ohnehin schon durch andere Faktoren beeinträchtigt war, nicht mehr gewährleistet werden konnte.

Doch es waren nicht nur staatspolitische Gründe, die dem Christentum den Weg zum offiziellen Status ebneten, ins Gewicht fielen auch moralische. Einsichtigen und einflußreichen Männern an der römischen Staatsspitze wurde allmählich klar, daß dem um sich greifenden Sittenverfall entgegengesteuert werden mußte, wollte das Reich nicht jede innen- und außenpolitische Kompetenz verlieren. Das Christentum mit seinem klaren Kanon von Gesetzen und Geboten kam gerade zur rechten Zeit, und so ist es keineswegs Zufall, daß sein Aufstieg in die Ära Konstantins fiel.

Es war gerade dieser Kaiser, der mit harter Hand und reicher Phantasie alles auf die rigorose Erneuerung des römischen Reiches setzte, ein Mann radikaler Brüche, der es wagte, Rom politisch zu degradieren und Byzanz zu seiner Hauptstadt zu machen, ein Herrscher voller aristokratischen Selbstbewußtseins, der sich schon zu seinen Lebzeiten ein Denkmal setzte, indem er die neue Reichsmetropole in Konstantinopel umbenennen ließ.

Er machte das Christentum zur Staatsreligion und damit die Homosexualität zum Staatsdelikt: Konstantin der Große. Bronzekopf, um 330 n. Chr. Kapitolinisches Museum, Rom

Dieser Konstantin hatte 313 im Toleranzedikt von Mailand das Christentum als gleichberechtigte Religion anerkannt, ein Schritt, der zwar die Verfolgungen und Diskriminierungen aufhob, aber die Anhänger Jesu noch lange nicht zu Trägern der Staatsreligion machte. Das konnte nur geschehen, wenn der Kaiser selbst zu dem neuen Glauben übertrat. Aber ausgerechnet damit zögerte Konstantin. Er leitete zwar persönlich 325 das erste ökumenische Konzil, hatte vier Jahre zuvor den Sonntag als Feiertag eingeführt, unter seiner Regie begann der monumentale Kirchenbau auf dem Lateran – aber erst kurz vor seinem Tod im Jahre 337, auf dem Weg in die Schlacht gegen die Perser, nahm er die Sakramente der Taufe entgegen und wurde so zum ersten christlichen Kaiser des römischen Reiches.

Damit war der Weg zur Staatsreligion vollendet. Von nun an konnten sich nicht nur die religiösen, sondern vor allem auch die moralischen Vorstellungen des Christentums ungehindert ausbreiten. Für die Homosexuellen beiderlei Geschlechts begann eine schlimme Zeit.

Ein Fleisch werden

Die ablehnende Haltung des Christentums gegenüber der Homosexualität geht tief zurück bis zum Entstehungsmythos des Menschen, also bis zu den Anfängen des Alten Testaments. Hier wird bekanntlich erzählt, daß Gott Eva aus einer Rippe Adams schuf. Natürlich muß man bezweifeln, daß es wirklich so gewesen war, denn auch die ersten Menschen waren sicher Produkte einer langen Evolution. Es ist nur die Frage, ob die Bibel den Vorgang überhaupt wörtlich verstanden wissen will oder ob sie ihn als große Metapher meint, als ein menschheitsgeschichtliches Gleichnis versteht. Betrachtet man die Sache so, dann will das Alte Testament die Einheit von Mann und Frau manifestieren. Die Tatsache, daß die beiden Geschlechter auseinander hervorgegangen sind (in dieser Lesart ist es gleichgültig, wer aus wem »entsprang«) sanktioniert ihre Zusammengehörigkeit, ihre aufeinander bezogene Be-

dingtheit. In der Tat sagt Adam, als Gott ihm Eva zuführt: »Diese nun endlich ist Bein von meinem Bein und Fleisch von meinem Fleisch.« Bereits im nächsten Bibelvers (1. Mose 2,24) wird die Chronologie der Erzählung für kurze Zeit aufgegeben und eine überzeitliche Verallgemeinerung eingeschoben: »Darum wird ein Mann seinen Vater und seine Mutter verlassen und an seinem Weibe hangen, *und sie werden sein ein Fleisch.«*

Sodom, das wegen homosexueller Umtriebe in göttliche Ungnade fiel. Im Vordergrund verführen Lots Töchter den eigenen Vater zum Inzest. Kupferstich von Merian

Die geschlechtliche Vereinigung von Mann und Frau, ihr Wieder-ein-Fleisch-Werden, ist die sich immer wiederholende Rückkehr zum urzeitlichen Anfangszustand, die Repetition des göttlichen Schöpfungsaktes, in dem (freilich nur in diesem Kontext) verständlicherweise die Schöpfung, also die Zeugung, viel wichtiger ist als die Lust daran.

Eine solche Auffassung kann für Abweichungen nicht offen sein, etwa für die Möglichkeit, daß auch zwei Frauen oder zwei Männer »ein Fleisch« werden könnten. Derartiges ist im göttlichen Modell nicht vorgesehen – muß also verboten und bestraft werden.

Bereits das Alte Testament formuliert, wie solch eine Strafe auszusehen hat. »Wenn jemand bei einem Manne liegt wie bei einer Frau, so haben sie getan, was ein Greuel ist und sollen beide des Todes sterben«, heißt es im 3. Buch Moses. Von hierher rührt die uralte jüdische Ächtung der Homosexualität, die vom Christentum modifikationslos übernommen wurde. Die gelehrten Rabbiner beeilten sich in ihren

Kommentaren zu ergänzen, was dem Bibelgebot fehlt, nämlich die Tötungsart: Die Delinquenten sollten vor versammeltem Volk gesteinigt werden.

Paulus und der »natürliche Gebrauch«

Jesus Christus selber hat sich – folgt man dem Wortlaut der Evangelien – zur Homosexualität nicht geäußert. Um so eifriger tat das einer seiner Apostel, nämlich Paulus. Er schreibt über diejenigen, die er für Sünder hält: »Ihre Weiber haben verwandelt den natürlichen Gebrauch in den unnatürlichen. Desgleichen haben auch die Männer verlassen den natürlichen Gebrauch des Weibes und sind aneinander erhitzet in ihren Lüsten, und haben Mann mit Mann Schande bewirket.« Es ist sicher kein Zufall, daß diese Tirade gegen die weibliche und männliche Homosexualität gleich im ersten Teil des Paulus-Briefes an die Gemeinde in Rom steht. Hier bestand nämlich am meisten die Gefahr, daß der christliche Moraldogmatismus von den zu Bekehrenden nicht ernst genommen wurde, weil sie die Knabenliebe, wenn schon nicht für unentbehrlich, so doch zumindest nicht für übermäßig anstößig hielten. Außerdem konnte manch neuer Christ durch die Verlockungen seiner Umgebung wieder rückfällig werden.

Paulus bekämpfte besonders die Knabenliebe, die ihm als Hauptmakel der antiken Zivilisation erschien. Der von ihm benutzte Begriff des »natürlichen Gebrauchs« ist nur verständlich vor dem Hintergrund der christlichen Entstehungsversion des Menschen. Nur das Ein-Fleisch-Werden von Mann und Frau ist in diesem Sinne »natürlich«, ein Standpunkt, der sich in vielen Bereichen der Gesellschaft bis heute erhalten hat.

Der Untergang Sodoms

Der Paulus-Brief ist eine glänzende theologische Agitationsschrift, ganz auf die ideologischen »Bedürfnisse« der römischen Gemeinde zugeschnitten. Und er ist weitgehend emotionsfrei. Aber gerade Emotionen sind es, von denen die Religion hauptsächlich lebt. Doch auf dem Gebiet der Sexualmoral bot die Heilige Schrift nicht sonderlich viel. So machten sich im ersten nachchristlichen Jahrhundert jüdische Gelehrte erneut auf biblische Erkundung. Und sie wurden fündig, und zwar im 19. Kapitel des 1. Buch Moses. Dort steht die Geschichte des Untergangs von Sodom. Gott vernichtete die Stadt, weil ihm das sündige Treiben seiner Bewohner mißfiel. Die Bibel verschweigt, worin diese Sünden überhaupt bestanden. Aber die Theologie behauptete, daß es sich dabei auf jeden Fall um Homosexualität, wenn nicht gar um Unzucht mit Tieren gehandelt haben müsse. Diese Unterstellung wurde von den Gläubigen mit erstaunlicher Kritiklosigkeit angenommen – und zwar mit solchem Erfolg, daß jahrhundertelang Sodomit zum Synonym für einen Homosexuellen wurde und noch heute Unzucht mit Tieren als Sodomie bezeichnet wird.

Jedenfalls zerstörte Gott die Stadt, indem er es Feuer und Schwefel regnen ließ. Ge-

Die Engel von Sodom. – Racheengel gegen die »Sodomiterei« werden es bleiben fast bis hinein in unsere Tage. Gemälde von Gustave Moreau, 19. Jh., Ausschnitt. Musée G. Moreau, Paris

rettet wurden nur Lot und seine zwei Töchter, die anschließend mit ihrem Vater Inzest begingen, was wiederum weder im Sinne Paulus' noch nach unserem Verständnis zum »natürlichen Gebrauch« gezählt werden kann.

Der langsame Weg des Rechts

Die erste generelle Verallgemeinerung, was man unter christlichem Sexualverhalten zu verstehen habe, lieferte die berühmte Theologenschule von Alexandria im 3. Jahrhundert. Danach war jede Sexualpraktik gottgefällig, die der Zeugung diente, aber eben nur diese. Sünde hieß alles, was nicht einer Zeugungsabsicht entsprach, also neben Geschlechtsverkehr zwischen Partnern des gleichen Geschlechts auch zum Beispiel der Analverkehr zwischen Mann und Frau, die Masturbation und jede orale Praktik.

Diese sexual-moralischen Normen fanden Schritt für Schritt unter den Nachfolgern Konstantins Eingang in die gesetzgeberische Praxis des römischen Reiches. Dennoch vermieden diese Gesetze den Radikalismus der christlichen Moraltheorie. Es wurde nur bestraft, was auch früher gesellschaftlich kaum Akzeptanz fand, zum Beispiel wenn Männer nach »Frauenart« einen anderen Mann »heirateten« oder wenn Männer »bei Geschlechtsverkehr die Frauenrolle« spielten. Dafür allerdings drohte, was zu Neros Zeiten undenkbar gewesen wäre, der Feuertod.

Man sieht, die Juris prudens bewegte sich langsamer als die christliche Theologie, wohl schon deshalb, weil sie es nicht mit einem theoretischen Lehrgebäude, sondern mit realen Menschenschicksalen zu tun hatte. Es bedurfte anderthalb Jahrhunderte, bis das römische Recht mit den rigiden Regeln der Bibel und ihrer Deuter konform ging. Strafbar war danach alles, was mit gleichgeschlechtlicher Liebe zu tun hatte. Paulus, noch in Rom hingerichtet als Opfer der Christenverfolgung, hatte post mortem gesiegt.

Der weitere Weg der Homosexualität durch die Geschichte wird von nun an ein Weg durch Paragraphen und Kanzeledikte sein. Und Sodom wird zur Chiffre, zum Kürzel für den heiligen Schauder vor einer Missetat, für die Gott so entsetzlich gestraft hat. Kaiser Justinian, der im 6. Jahrhundert – verglichen mit Konstantin – über ein arg verkleinertes römisches Reich herrschte, machte damit den Anfang: »Vielmehr wollen wir alle uns der schlechten Begierden und Handlungen enthalten. Vor allem aber sollen das diejenigen tun, die so verkommen sind, zuchtlose Handlungen zu begehen, die vor Gott ein Greuel und ihm zu Recht verhaßt sind. Wir meinen diejenigen, indem die Männer mit Männern Widerwärtiges treiben. Denn wir wissen aus der Heiligen Schrift, wie Gott die Einwohner von Sodom wegen dieser sexuellen Ausschweifung bestraft hat, so daß die Umgebung der Stadt noch heute vom Feuer gesengt ist.« (Der Kaiser wußte offenbar, wo Sodom geographisch lag.)

Diese Sätze stammen aus dem »Erlaß des Justinian an die Einwohner von Konstantinopel über Ausschweifungen wider die Natur«. Er ist Bestandteil jenes berühmt gewordenen Corpus iuris civilis, der später, etwa seit dem 11. Jahrhundert,

Sodom und Gomorrha: Lot flieht mit seinen beiden Töchtern. Das ist ein symbolhaftes Bild: Die »Anständigen« wenden sich vor den dem Untergang geweihten homosexuellen »Sündern« ab, um danach ähnlich »Verwerfliches« zu begehen, indem der Vater, auch noch im Zustand der Trunkenheit, seine lüsternen Töchter begattet. Holzschnitt von Schnorr von Carolsfeld

auch das europäische Recht, wenn auch nur mittelbar beeinflussen wird. Daß in dem Erlaß nicht von homosexuellen Beziehungen zwischen Frauen die Rede war und nicht auch sie mit Strafe bedroht wurden, hing weniger mit Milde zusammen als mit der absolut peripheren Rolle, die die Frau im Sozialgefüge der römisch-byzantinischen Gesellschaft spielte.

Das gewiß zwielichtige Rom ging seinem geschichtlichen Ende entgegen. Was folgte, war die Dunkelheit des Mittelalters. Der neue Morgen wird erst – auch für die Homosexuellen – viel später heraufziehen und wird Renaissance heißen.

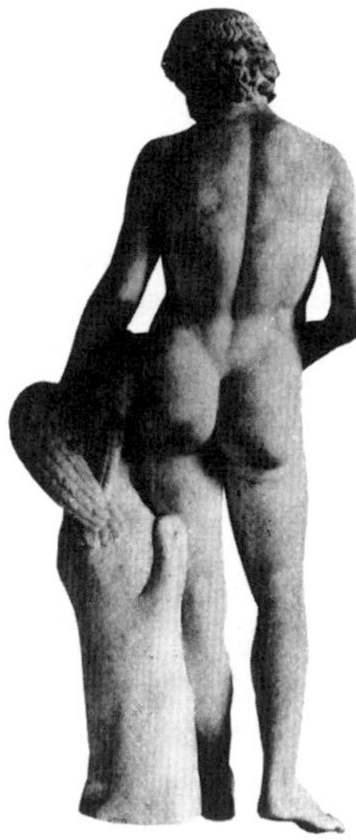

Glaube, Sitte, Feuertod

Bischof »Flora«

Was die praktische Anwendung der antihomosexuellen, aus der Bibel hergeleiteten Rechtsnormen anlangte, gab es unter den europäischen Ländern erhebliche Unterschiede. Die Länder, die längere Zeit unter römischer Herrschaft gestanden hatten, und dadurch auch mit den Sitten des Imperiums, zu denen nun einmal die Knabenliebe gehörte, vertraut waren, wurde die Verfolgung und Bestrafung, wenn sie denn überhaupt erfolgte, viel laxer gehandhabt als in jenen Ländern, die dem Einfluß Roms nur kurzzeitig oder überhaupt nicht ausgesetzt waren.

Das trifft vor allem auf Frankreich zu, das ein halbes Jahrtausend römische Kolonie gewesen war. Für die relative Toleranz gegenüber den Homosexuellen spricht ein in der mittelalterlichen Welt wohl einmaliges Beispiel.

In der zweiten Hälfte des 11. Jahrhunderts ließ sich Philipp I. zum französischen König krönen. Der Mann, der ihm die neue Würde verlieh, war der Erzbischof von Tours. Die zwei Männer hatten eine Gemeinsamkeit: Sie unterhielten beide ein Verhältnis zu einem bildhübschen jungen Mann namens Jean, dem man in Anspielung auf seine homosexuellen Neigungen den Beinamen Flora gegeben hatte.

Da die Verleihung der Königswürde an Philipp keineswegs unumstritten gewesen war, konnte der, der ihm die Krone aufs Haupt gesetzt hatte, wohl von ihm eine Belohnung erwarten. Diese bestand darin, daß der König auf Bitten des Erzbischofs den von beiden geliebten Jean zum Bischof von Orleans machte. So ge-

langte ein Homosexueller auf den Bischofsstuhl – und er wird nicht der letzte gewesen sein.
Doch selbst in dem liberaleren Frankreich stieß der Vorgang auf einige Empörung. 1098 protestierte die theologische Elite des Landes gegen Jeans Ernennung beim Papst. Doch Flora blieb auf seinem Stuhl. Es ist nicht einmal bekannt, ob der Heilige Vater überhaupt auf die querulante Epistel reagiert hat.
So etwas hätte in Deutschland nicht passieren können. Überhaupt hatten ja die germanischen Völker entweder keinen oder nur einen, in den großen geschichtlichen Maßstäben gesehen, episodischen Kontakt mit Rom. Ihr Heidentum hatte mit dem Christentum in der Frage der Homosexualität etwas gemeinsam: Beide hielten die gleichgeschlechtliche Liebe für widernatürlich. Die germanische Rechtspraxis sah vor, solche Männer (die Frauen wurden wieder einmal nicht erwähnt), die für verweichlicht gehalten und für den Kriegsdienst als untauglich betrachtet wurden, zu kastrieren und aus der Stammesgemeinschaft auszuschließen – was in der Sozialpraxis der damaligen Zeit einem Todesurteil gleichkam. Vor allem die germanischen Stämme Islands, Skandinaviens und Frieslands waren in der Anwendung dieser Rechtsnorm besonders radikal.

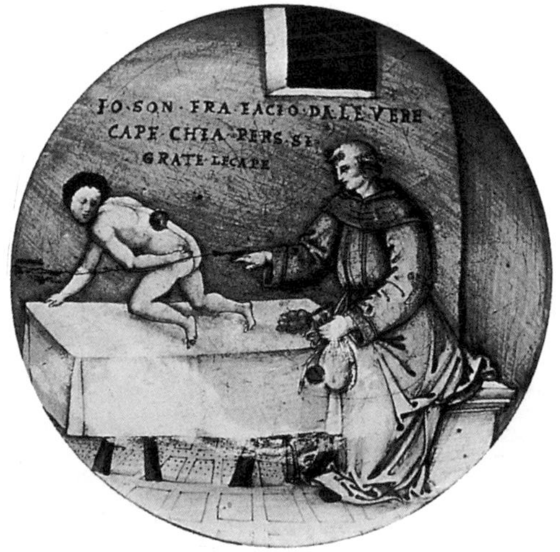

Diese italienische Fayence aus dem 16. Jh. dokumentiert den Beginn einer homosexuellen Penetration. Das sie von einem Mönch ausgeht, ist sicher kein Zufall. Musée de Cluny, Paris

Keine zwei Männer in einem Bett

In dem Maße, wie sich die christliche Kirche zu strukturieren begann, wie aus ihr festgefügte organisatorische Einheiten wuchsen, so entwickelte sich in ihr ein Widerspruch, dessen erotische Brisanz die Kirche jahrhundertelang belasten wird und der selbst noch in der Gegenwart besteht. Gemeint sind die gleichgeschlechtlichen christlichen Gemeinschaften, die Klöster.
Mönche und Nonnen waren gleichsam die moralische Elitetruppe in der streitbaren Schar der neuen Lehre. Dieselbe Kirche, die von ihren Mitgliedern verlangte, ausschließlich zum Zwecke der Vermehrung und nur auf »natürlichem« Wege zu verkehren, forderte von seinen treuesten Dienern so etwas Unnatürliches wie den totalen Verzicht auf jede Art von Sexualität. Um das zu erreichen, sperrte man Frauen mit Frauen und Männer mit Männern ein – und trieb damit den Teufel mit dem Belzebub aus.
Denn selbstverständlich mußte es in solch einer Situation, wenn schon nicht zu ho-

mosexuellen, so doch zumindest zu homoerotischen Spannungen kommen. Die Kirche wurde sich dieser Gefahr relativ früh bewußt und suchte ihr mit organisatorischen Maßnahmen entgegenzuwirken.

So dekretierte die Synode von Tours bereits 567: »Kein Mönch und kein Priester soll mit einem anderen in einem Bett schlafen, um allen bösen Verdacht zu verhüten. Auch dürfen die Mönche nicht einzeln oder zu zweit in besonderen Zellen wohnen, sondern müssen gemeinsam in einem Schlafsaal unter Aufsicht des Abtes oder Probstes nächtigen.«

Solche Reglementierungen werden sicher wenig geholfen haben, ganz zu schweigen davon, daß durch sie das Problem selber nicht aus der Welt geschaffen wurde. Doch die Betroffenen wußten sich zu helfen. Da ihnen nach dem Kirchengesetz nur sexuelle oder homosexuelle *Handlungen*, aber nicht die literarische *Meditation* über sie verboten war, schrieb sich manch einer von der Seele, was auszuleben ihm nicht gestattet war.

Die Gedichte des Schielenden

Die frühmittelalterliche Literatur ist reich an Zeugnissen von solch homophilen Dichtungen aus der Feder von Mönchen. Viele französische Geistliche schrieben am Anfang des 12. Jahrhunderts anrührende Gedichte, die in ihrer schwärmerischen Verherrlichung von Männern und Knaben an antike Vorbilder erinnern. Noch weiter zurück geht das Beispiel eines deutschen Mönchs: Walahfrid Strabo (der Schielende).

Walahfrid wurde 809 als Sohn armer Leute in Schwaben geboren. Schon in früher Jugend war er als Mönch in das Kloster Reichenau eingetreten, dessen Klostergarten er nach 842 in seiner Hexameter-Dichtung »Hortulus« (»Der kleine Garten«) liebevoll beschrieb. Walahfrid machte eine beachtliche kirchliche Karriere; er wurde Schüler des berühmten Hrabanus Maurus zu Fulda, avancierte zum Erzieher Karls des Kahlen am Hofe Ludwigs des Frommen und übernahm später das Kloster Reichenau als Abt. Während einer Reise im diplomatischen Auftrag seines Königs ertrank er am 18. August 849 beim Überqueren der Loire.

Des Mönchs Lyrik zählt zu den bedeutendsten Leistungen der karolingischen Renaissance. Er verfaßte Heiligenlegenden und geistliche Hymnen sowie zahlreiche Gelegenheitsgedichte. Gerade in letzteren finden sich unverkennbar homoerotische Züge. So verherrlicht er seinen Mitbruder namens Liutger:

> »Wenn du nicht anschauen kannst das Antlitz von dem, der dich liebt,
> wenigstens sei dann dies Licht für uns ein Beweis unsrer Liebe.
> Diese wenigen Verslein hat dein treuer Freund dir gesendet;
> wenn auch für dein Teil die Bande verpflichtender Treue ganz fest sind,
> bete ich nun,
> daß es glücklich dir alle Zeiten ergeht.«

Selbstversunkene Umarmung zweier Nonnen als Chiffre einer erotischen Beziehung zwischen zwei Frauen, auch wenn der Künstler sein Bild vieldeutig »Zwei Bräute«, also zwei Verlobte Christi, nennt. Nach einem Gemälde von Osterley, 19. Jh.

Bereits im ausgehenden Mittelalter deutete sich eine Entwicklung an, die später die Homosexualität erheblich begünstigen sollte: die institutionalisierte Gleichgeschlechtlichkeit, die in den öffentlichen Einrichtungen herrschte, ...

... wie hier in Badehäusern für Frauen, Kupferstich
»Die vier Hexen« von Albrecht Dürer, 1497 (links),
und für Männer, Holzschnitt »Im Männerbad«
von Albrecht Dürer

Der Geist des alternden Platon, die hymnische, jede Sexualität entbehrende Verherrlichung des Gleichgeschlechtlichen scheinen in diesen Versen aufzuleben:

> »Größer sein möge dein Ruhm, dein Leben und deine Gesundheit
> als aller Sterne und aller Sandkörner Strahl.«

Ein Erzbischof verrät sich durch allzu sachkundige Fragen

In vielen Fällen wird es aber nicht beim Abfassen platonischer Gedichte geblieben sein. Welchen Grund sonst würde Karl der Große gehabt haben, in einer »Allgemeinen Ermahnung« Homosexuellen den Tod durch Enthauptung anzudrohen.
Nun muß allerdings berücksichtigt werden, daß solche kaiserlichen Erlasse oft genug nicht einmal aus dem engeren Umkreis des Herrschers hinausgelangten. Das erklärt, daß die weltlichen Gerichte in den äußeren Winkeln des Reiches die gleichgeschlechtlichen Sexualpraktiken anders – und in der Regel milder – bewerteten, als es Karls »Ermahnung« vorsah. Die Schwerfälligkeit der Kommunikationswege und das weitverbreitete Analphabetentum verhinderten eine einheitliche Rechtsprechung.

Ähnlich erging es der Kirche, aber sie bekämpfte den Zustand energischer. Ihr Dilemma bestand darin, daß gebeichtete Sünden in den verschiedenen Sprengeln mit verschiedenen Bußen belegt wurden. Deshalb arbeiteten am Ende des ersten Jahrtausends zahlreiche Kleriker daran, eine einheitliche Bußordnung zu verfassen und auch in der kirchlichen Praxis durchzusetzen.

Besonders eifrig auf diesem Gebiet betätigte sich der 965 geborene Burkhard von Worms, Erzbischof von Mainz. Er verfaßte ein dickleibiges »Directorium« mit einer »Fülle von Regeln zur Aufsicht über den Körper und zur Heilung der Seele«, wie es im Vorwort heißt.

In Buch XIX geht Burkhard mit erstaunlicher Detailkenntnis auch auf die Homosexualität ein. Dabei sind die vorgegebenen Fragen des Beichtvaters aufschlußreicher als die angeführten Bußen, die zumeist aus umfänglichen Fastenszeiten bestanden.

»Frage: Hast du auf die Weise Unzucht getrieben, wie die Sodomiter es getan haben, das heißt nämlich so, daß du deinen Penis im Rücken eines Mannes, und zwar in sein Hinterteil eingeführt und so mit ihm nach Art der Sodomiter den Geschlechtsverkehr vollzogen hast?

Frage: Oder hast du, wie es bei einigen die Praxis ist, mit einem Mann zwischen den Schenkeln Unzucht getrieben, damit ist gemeint: auf die Weise, daß du dein Geschlechtsteil zwischen die Schenkel eines anderen geführt und dann durch heftiges Hin- und Herbewegen den Samen sich hast ergießen lassen?

Frage: Hast du, wie einige das tun, auf die Weise Unzucht getrieben, daß du das Schamglied eines anderen in die Hand genommen hast, und der andere das deine genommen hat, und ihr wechselseitig die Schamglieder mit eueren Händen erregt

Was Paulus in seinen Römer-Briefen gefordert hatte, hielt das europäische Mittelalter getreulich ein: Auf Homosexualität stand die Todestrafe.
Kupferstich von Nicholas Hogenberg, 16. Jh.

habt, daß du auf Grund der beschriebenen Reizung den Samen hast vor dir zu Boden fließen lassen?«
Der Mann wußte, wovon er redet. Zumindest lassen das seine konkreten Fragen vermuten. Dabei wird man den Argwohn nicht los, wie etwa auch bei der Lektüre von Abhandlungen über heterosexuelle »Sünden«, daß die detailgetreue Beschreibung des »lasterhaften« Treibens die Autoren weniger abschreckte als aufreizte. Interessant ist auch, daß für Burkhard wie auch für andere Theologen seiner Zeit Homosexualität, Masturbation und Geschlechtsverkehr mit Tieren in eine Sündenkategorie fallen, also praktisch unter dem Begriff der Sodomiterei gleichgestellt werden, wie andere Textpassagen aus dem »Directorium« beweisen.

Die sündhaften Bischöfe

Während sich Burkhard solchermaßen mühte, den einfachen Priestern Regeln an die Hand zu geben, mit deren Hilfe sie die Sünden ihrer Gläubigen ermitteln und sie entsprechend bestrafen konnten, ging die angestrebte Ordnung an den oberen Kirchenkreisen in bedenklicher Weise vorbei.
Immer offensichtlicher wurde der morbide Zustand, in dem sich die Bischofssitze befanden. Viele leitende Priester gaben sich jeder Art sexueller Vergnügung hin, so daß auch homosexuell Veranlagte ihre Neigungen mehr oder weniger auszuleben vermochten. Sie konnten sich buchstäblich alles leisten, solange sie in der Gunst ihres

weltlichen Herrschers standen. Denn von ihm und nicht etwa vom Papst waren sie eingesetzt worden, ihm und nicht etwa dem kirchlichen Oberhaupt waren sie Rechenschaft schuldig.

Angesichts der Sünde, auch der der lesbischen Liebe, wurden im Mittelalter alle Normen der Menschlichkeit außer Kraft gesetzt: Folterung und Verbrennung angeblicher Hexen in Baden, Miniatur, 1514. Zentralbibliothek, Zürich

Es versteht sich, daß der Vatikan diese Zustände nur widerwillig hinnahm. Letztlich konnte er nichts gegen sie ausrichten, weil sich das Papsttum selber in einem desolaten Zustand befand. Die Besetzung des Heiligen Stuhls hatte sich zu einer Familienangelegenheit der Grafen von Tusculum entwickelt. Vetternwirtschaft wurde offen betrieben, man setzte ab, ernannte neu, setzte wieder ab. Zeitweise gab es drei Päpste gleichzeitig.

Erst 1073 zog mit Gregor VII. ein Papst in den Vatikan ein, der nicht nur den Willen, sondern auch die Kraft hatte, die überfälligen Reformen anzupacken. Dabei war klar, daß eine Veränderung im priesterlichen Investiturrecht einer Herausforderung

Machten die »Wetterhexen« nur Regen und Sonne, oder machten sie, wie es den Anschein hat, auch Liebe miteinander? Gemälde von Hans Baldung, 1523. Städelsches Kunstinstitut, Frankfurt/M.

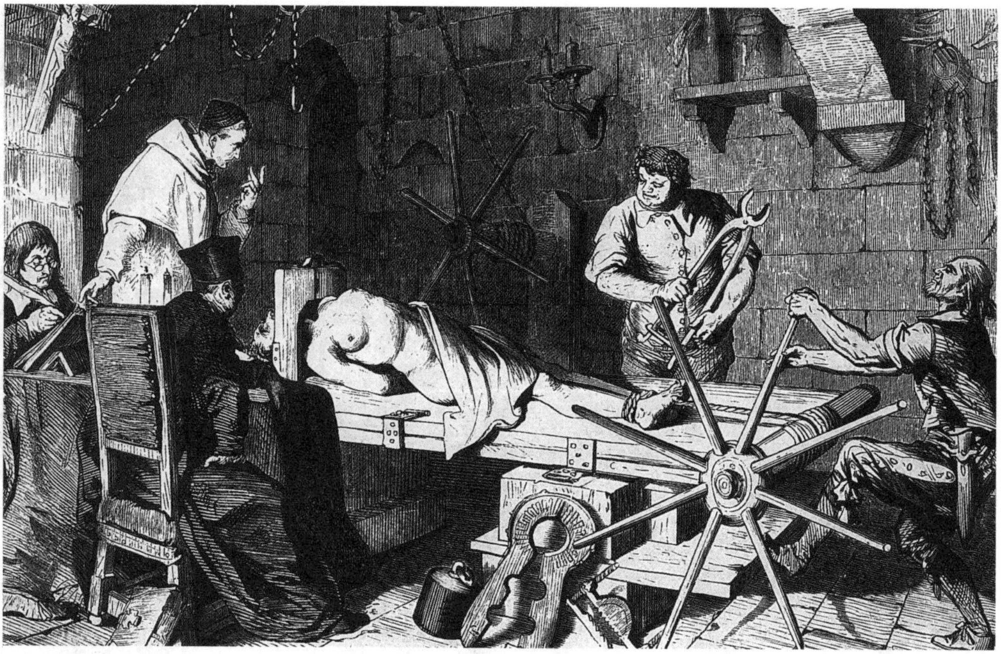

Ließ sich im Mittelalter eine Frau bei der lesbischen Liebe ertappen, war sie natürlich eine Hexe und gehörte zur Folter auf die Streckbank: Sadismus war ehrenwerter als Homosexualität. Holzstich, um 1880

der weltlichen Macht gleichkam. Der vorprogrammierte Konflikt brach denn auch prompt aus. Gregors Kontrahent war der deutsche König Heinrich IV. Die beiden setzten sich gegenseitig ab, was der Geschichte jenen sprichwörtlich gewordenen Gang nach Canossa bescherte, den der weltliche Monarch im Büßerhemd auf sich nehmen mußte. Nach langem diplomatischen, aber auch kriegerischen Hin und Her starb Gregor zwar resigniert im Exil, aber die Kirche ging aus den Auseinandersetzungen durchaus gestärkt hervor.

Die Teufelsbesessenen

Das war allerdings nicht allein den umtriebigen Aktivitäten des Papstes zu verdanken, sondern vor allem dem ebenso klugen wie kompromißlosen Ideologen an seiner Seite. Die Rede ist vom heiligen Petrus Damiani.

Damiani galt als der große, unermüdlich durch ganz Europa reisende Agitator der Kirchenreform, als ein Glaubenseiferer mit großem rhethorischen Geschick, dessen Schriften sich kompromißlos radikal gaben. Das trifft vor allem auf sein »Buch Gomorrha« zu, das 1049 entstand und Leo IX. gewidmet ist, einem der Vorgänger Gregors VII. in den unwahrscheinlich kurzen pontifikalen Amtszeiten. (Damiani hat mehrere Päpste überlebt.)

Die Schrift zieht so vehement gegen die Homosexualität zu Felde, daß der Papst seinen ideologischen Diener zu etwas mehr Zurückhaltung ermahnen mußte. Leo ging es vor allem um die Abschaffung der Simonie, also des Kaufs kirchlicher Ämter, und um die Durchsetzung des Zölibats. Da mochte ihm der Kampf gegen die gleichgeschlechtliche Liebe unter Priestern und Nonnen als Nebensache erscheinen. Damiani war ganz anderer Meinung. Er wetterte: »Denn wenn ein Mann sich dem anderen gewaltsam aufdrängt, um unreine Handlungen zu vollziehen, handelt es sich nicht um den besagten Naturtrieb, sondern ausschließlich um Anreize durch teuflische Einflüsse.« Also mußte man den heiligen Vätern Verantwortungsbewußtsein bescheinigen, als sie festlegten, man soll beim Gebet die Sodomiten »in einem Zusammenhang mit den Teufelsbesessenen nennen.«

Das sind völlig neuartige Töne. Homosexualität war keine Sünde mehr, sondern ein Zeichen von Teufelsbesessenheit. Für begangene Sünden konnte man Buße tun und Absolution erhalten. Gegen Teufelsbesessenheit jedoch half nur das Fegefeuer. Der von Karl dem Großen angedrohte Feuertod für Homosexuelle erfuhr nun seine theologische Rechtfertigung.

Verzicht, Askese und der neue Morgen der Renaissance

Hohe Minne, niedere Liebe

Große Veränderungen läuteten das Ende des Mittelalters ein. Europas Einwohnerzahl war gewachsen, zu Beginn des 13. Jahrhunderts die 30-Millionen-Grenze überschritten. Die Kreuzzüge des 12. Jahrhunderts hatten gezeigt, daß sich die Kirche nicht nur in erheblichem Maße stabilisiert hatte, sondern daß sie auch zu internationalen Aktionen zu mobilisieren verstand.

Diese freilich hatten zur Folge, daß sich die teilnehmenden Ritter oft für Jahre von ihren Gattinnen trennen mußten. Das bewirkte Veränderungen im sozialen Bild der Frau. Troubadoure und Minnedichter holten sie aus den dunklen Winkeln der Bedeutungslosigkeit hervor, in denen sie seit der Antike verborgen waren. Das höfische Weib, aber eben nur das höfische, trat in das Zentrum einer Dichtung, die verehren und verherrlichen wollte: der Ritter als Diener der Frau, als ihr Sänger und ihr Held, der ihretwegen in den Kampf oder ins Turnier zog, ihr zu Ehren Siege errang oder sein Leben opferte. Das spätmittelalterliche Leben, jedenfalls sofern es sich in der Literatur widerspiegelte, bekam starke heterosexuelle Züge.

Aber auch hier wurden Kategorisierungen vorgenommen, wie sie in den antiken Debatten um die Homosexualität schon eine Rolle gespielt hatten. Das Mittelalter unterschied die sogenannte hohe und niedere Minne. Eine Liebe betrachtete man als »hoch«, wenn sie sich nicht mit den Begehrlichkeiten der Sexualität beschmutzte. Das war der zeitgemäße Ausdruck für jene Platonie, die die spätgriechische Philosophie für die

Knabenliebe gefordert hatte. Sobald sich die Liebe jedoch mit körperlichem Verlangen mischte, dann war sie »niedrig«. Hier gehen die sozialen Aspekte der Dichtung sogar noch über die christliche Dogmatik hinaus, die ja den heterosexuellen Geschlechtsakt unter der Maßgabe der Fortpflanzungsabsicht akzeptierte. Homosexualität hatte in diesem Schema keinen Platz.
Wie die Wirklichkeit aussah, wird wohl auch damals auf einem ganz anderen Blatt gestanden haben. Jedenfalls ist kaum vorstellbar, daß es in den gewaltigen Männeransammlungen der Kreuzzugsheere nicht zu homosexuellen Praktiken kam und daß manche daheimgebliebene Rittersfrau nicht die erotischen Reize ihrer Hofdamen entdeckte. Man wird mit Bestrafungen sehr zurückhaltend gewesen sein, sowohl gegenüber den Männern, weil man auf dem beschwerlichen Weg zu den Heiligen Stätten jeden Soldaten brauchte, wie auch den Frauen gegenüber, weil es lesbische Liebe im öffentlichen Bewußtsein gar nicht gab.

Edelknappe und Strichjunge

Mit der Zunahme der Bevölkerung zum Ende des Mittelalters wuchs die Bedeutung der Städte. In einer Umgebung, die früher nur von Dörfern und Marktflecken gekennzeichnet war, entwickelten sich größere Gemeinwesen. In den Dörfern wußte jeder von jedem, in den Städten aber gestaltete sich die soziale Kontrolle schon weit schwieriger.
Dennoch sind die Zeugnisse zur Homosexualität gerade in dieser Periode der europäischen Sittengeschichte dünn gesät. Das kann damit zusammenhängen, daß Abstrafungen nicht aktenkundig gemacht wurden oder gar nicht stattfanden.
Es mag dem allmählich heranwachsenden bürgerlichen Selbstbewußtsein zuzurechnen sein, daß ausgerechnet ein französischer Kaufmannssohn zur Feder griff, um das zuchtlose Treiben der aristokratischen Oberschicht zu geißeln. Jean Froissart berichtet in seiner vierbändigen »Chronik« unter anderem »Von dem Leben und Sterben des Grafen Gaston Phöbus von Foix«. Dort heißt es: »Er ist der einzige, von dessen Liebling ich weiß... Sonst gibt es diese Gecken überall, der Comte de Berry hat seinen Take Thibaut, einen Edelknappen und Strichjungen, den er einmal aus unerfindlichen Gründen bei sich aufgenommen hat. Dieser Knappe besitzt weder Geist noch Verstand, und auch sonst nichts Rechtes, er ist nur auf seinen Profit aus, und der Duc überhäuft ihn mit Schmuck aus Gold und Silber im Wert von schon über 200 000 Francs, und all das wird von den armen Leuten der Auvergne und des Languedoc bezahlt, die sich drei bis vier Mal im Jahr aussaugen lassen müssen, um dem Duc seine verrückten Vergnügungen zu ermöglichen.«
Das klingt schon ganz anders! Hier wird Homosexualität nicht aus kirchlich-moralischen Gründen verurteilt, sondern weil der Graf sich seine »verrückten Vergnügungen« von den Steuergeldern der armen Leute finanzieren läßt. Nicht theologische Argumente werden angeführt, sondern sozial-kämpferische – und das bereits im 13. Jahrhundert.

Ludwig IX. bricht zum Kreuzzug auf.
Die Männer ziehen davon,
die Frauen bleiben zu Hause:
große Zeit der gleichgeschlechtlichen Liebe.
Miniatur. British Museum, London

Das asketische Denken

Die sozial determinierte Argumentation Froissarts ist in der damaligen Zeit kein Einzelfall gewesen. Als 1176 in Lyon eine Hungersnot ausbrach, stiftete der dort ansässige Kaufmann Valdes sein Vermögen den Armen und trat mit seinen Gesinnungsgenossen als Wanderprediger auf. Die nach dem Kaufmann benannten Waldenser (oder auch die »Armen von Lyon«) legten drei Gelübde ab: Armut, Ehelosigkeit und Gehorsam. Ähnlich disponiert waren die Albigenser, benannt nach der südfranzösischen Stadt Albi, von der die Bewegung dieses Bettelordens ausging.

Beide Sekten erhoben erhebliche Einwände gegen die katholischen Dogmen und gegen die Institutionen und Würdenträger der Kirche. Das forderte den Vatikan zu hektischen Reaktionen heraus, die so weit gingen, daß Papst Innozenz III. zu Beginn des 13. Jahrhunderts den französischen König zum Kreuzzug gegen die Albigenser aufforderte. Das führte zu einem regelrechten Krieg, der auf beiden Seiten große Opfer forderte.

Neben den militärischen Waffen setzte die Kirche auch agitatorische ein. Obwohl dafür verallgemeinerungsfähige Belege fehlten, wurde glattweg behauptet, die südfranzösischen Sozialenthusiasten würden »Sünden gegen die Natur« begehen, was im damaligen Sprachgebrauch allemal auch Homosexualität bedeutete. Sodom lag auf einmal in Südfrankreich. Und dorthin waren nach den Soldaten geistliche Richter unterwegs, die die »Sünder« aufspürten und bestraften.

Wer homosexuell war, war ein Ketzer, und ein Ketzer stand im Bündnis mit dem Teufel. So kam es 1336 in Köln zu einem Prozeß, in dem der Angeklagte (offen-

sichtlich nach Folterung, die oft geübte Praxis, um zu jeder Art von Geständnissen zu gelangen) ausführlich beschrieb, wie er im Kreis versammelter Hexer zuerst dem Satan den Hintern geküßt und anschließend mit ihm und den andern Hexern gleichgeschlechtlichen Verkehr ausgeführt hätte.
Der kirchenrechtliche Zusammenhang zwischen Sodomie und Hexerei wurde in dem Anleitungsbuch für Hexenprozesse, dem »Malleus Maleficorum« festgeschrieben, in dem es heißt, daß Sodomie ein so entsetzliches Teufelswerk sei, daß selbst Dämonen vor ihm zurückschreckten.
Und der asketische Savonarola wetterte in einer Predigt: »Gebt auf Eueren Pomp, Euere Bankette, Euere reichlichen Mahlzeiten. Laßt fahren, ich beschwöre Euch, Euere Konkubinen und Euere bartlosen Knaben. Laßt fahren, ich verlange es, das unaussprechliche Laster, laßt fahren die gräßliche Sünde, die Gottes Zorn über Euch gebracht hat…«
Im weltlichen Recht traten gleichzeitig bedeutende Wandlungen ein. Es wurde nicht mehr wie in den Jahrhunderten zuvor nach Gewohnheit gerichtet, sondern nach aufgeschriebenen Paragraphen. Und die sahen in Frankreich, Italien und Deutschland auf Sodomiterei den Feuertod vor.

Angenehmer Zeitvertreib. Gabrielle d'Estrées und eine ihrer Schwestern. Bildnis aus der Ecole de Fontainebleau, 1595

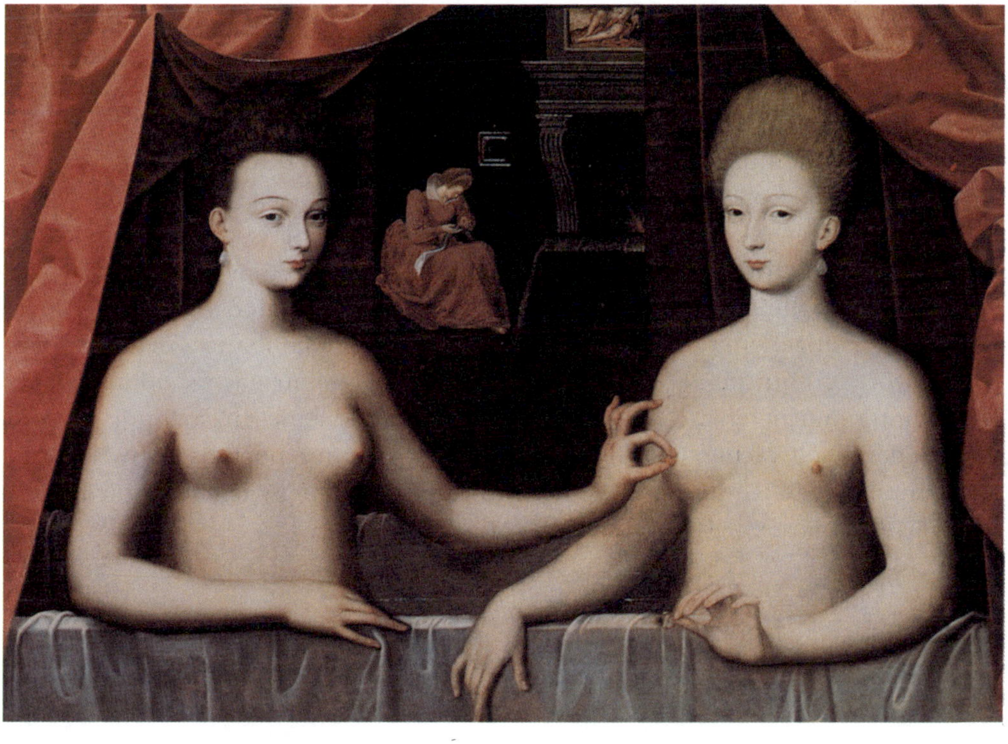

Der Mensch und das Menschliche:
Leonardo und andere

Aber das asketische Denken, das sowohl in Werk und Lehre des Franz von Assisi, in den feurigen Predigten Savonarolas und letztlich sogar in den Gesetzestexten zum Ausdruck kam und innerhalb dessen das Wort »Verzicht« die Hauptrolle spielte – dieses Denken geriet immer mehr in Widerspruch zur Wirklichkeit. Es war geprägt vom Erblühen des städtischen Lebens, von selbstbewußten Kaufleuten, von nicht aristokratischem, sondern bürgerlichem Reichtum.

Ein neues Selbstbewußtsein entstand, eine Geisteshaltung kam auf, in der der Mensch sich in den Mittelpunkt stellte. Sein Wesen, seine Bestimmung, sein Denken und seine Körperlichkeit wurden neu entdeckt und neu definiert. Der Morgen der Renaissance brach an.

Nun wurden Engel an die Kirchenwände gemalt, die Menschen aus Fleisch und Blut zu sein schienen – und die schönen Knaben in berauschender Weise glichen. Der Renaissance-Mensch, sofern ihn die berühmten Bilder widergeben, war in erster Linie ein Mann – und ein schöner dazu.

Kein Wunder, daß die Homosexualität neuen Nährboden erhielt. Doch die Denunziation erblühte gleichermaßen. So mußte sich 1476 Leonardo da Vinci vor Gericht verantworten. Er war angeklagt, unerlaubte Beziehungen zu einem Siebzehnjährigen zu unterhalten. Er wurde freigesprochen, weil die Anschuldigung von einem anonymen Informanten stammte und in einem »tampuro«, einen für Behörden bestimmten Briefkasten, hinterlegt worden war.

Trotzdem blieb Leonardo im Gerede. Man sagte ihm nach, er wähle seine Schüler mehr nach dem reizvollen Körperbau und dem hübschen Gesicht als nach ihrer künstlerischen Begabung aus. Betrachtet man seine Bilder, zu denen oft die Schüler Modell standen, kann man das kaum als Verleumdung bezeichnen.

Leonardos Maler-Kollege Botticelli, Schöpfer unvergänglicher Marien-Bilder, war im wirklichen Leben zwar höflich gegen Frauen, hatte aber ansonsten nicht viel mit ihnen im Sinn. Er mußte sich 1502 vor Gericht verantworten, weil er angeblich zu einem seiner Gehilfen »unerlaubte Beziehungen« unterhalten hatte. Um dieser Nachrede zu entgehen, riet ein Freund dem Maler, sich eine Frau zu nehmen. Darauf antwortete Botticelli: »Ich will Ihnen erzählen, was mir nachts einmal widerfuhr. Mir träumte, ich hätte eine Frau genommen, und meine Angst wurde so groß, daß ich darob aufwachte; ich fürchtete so sehr, ich könnte nochmals etwas Ähnliches träumen, daß ich für den Rest der Nacht spazierenging wie ein Verrückter.« – Ein typisch homosexueller Alptraum!

Bunter Vogel Sodoma

Ein erstaunlicher Fall ist der des Malers, den die Kunstgeschichte unter Sodoma führt und der eigentlich Giovanni Antonio Bazzi hieß. Er war ein durchaus angesehener Mann, der von Papst Leo X. 1518 zum Cavaliere gemacht wurde. Der lang-

haarige, mit einem sehr weiblichen Kußmund ausgestattete Sodoma, der seine homosexuelle Veranlagung offen zur Schau trug, teilte sein Heim mit einer ganzen Schar von Tieren, die man normalerweise nicht zu Hause hielt: Dachse, Eichhörnchen, Rhesusäffchen, indische Turteltauben und Eichelhäher.
Zu seinem Namen soll er im Zusammenhang mit einem Pferderennen gekommen sein, bei dem sein Berberhengst als Sieger einlief. Gefragt nach dem Namen des Tieres soll er mit »Sodoma« geantwortet haben. Das hatte einen großen Skandal zur Folge. Der Maler mußte Hals über Kopf aus der Stadt fliehen. Er nahm sein Rhesusäffchen und seinen »Sexualnamen« mit, unter dem er noch heute in jedem Kunstlexikon zu finden ist.

Kardinalsmätresse mit schwulem Sohn

Schlimm hat es auch den Goldschmied und Bildhauer Benvenuto Cellini getroffen. Er stand dreimal wegen Homosexualität vor Gericht, was er in seinen autobiographischen Darstellungen jedoch stets unerwähnt ließ. Ähnlich wie Sodoma scheint er aus seinen Neigungen keinen Hehl gemacht zu haben, und er besuchte ganz offen seinen geliebten Strichjungen. Das war selbst seinen vergleichsweise freizügigen Mitbürgern auf die Dauer zu viel. Sie wandten sich verärgert an Papst Paul III. und baten um kirchliche Intervention.
Doch der reagierte sehr zurückhaltend: »Sie müssen wissen, daß Menschen wie Benvenuto, die in ihrem Beruf wahre Meister sind, nicht unseren Gesetzen unterworfen werden dürfen.« Das ist für einen Pontifex Maximus ein gewiß befremdlicher Satz, der letztlich eine Wahrheit bestätigt, die sich über Jahrhunderte behauptet hat: Der Sittenkodex der Herrschenden und der Prominenten ist nicht identisch mit dem der einfachen Leute.
Außerdem war der Heilige Vater in erotischen Dingen nicht frei von eigener Betroffenheit. Paul III. stammte nämlich aus dem berühmten Geschlecht der Farnese. Als Fünfundzwanzigjähriger war er schon von seinem Amtsvorgänger Alexander VI. zum Kardinal ernannt worden, nicht so sehr seiner kirchlichen Verdienste wegen, sondern weil er eine bildschöne Schwester hatte, die allgemein La Bella Julia genannt wurde und zu der Alexander offenbar nicht nur ein platonisches Verhältnis unterhielt.
Der junge Kardinal, ein solches Vorbild vor Augen, legte sich natürlich auch keine allzu engen erotischen Zügel an. Er unterhielt ein Verhältnis zu einer Mätresse, die ihm einen Sohn gebar, der sogar – seltener Fall in der damaligen Zeit und wohl auch nur in ihr denkbar – vom Kardinal anerkannt wurde. Dieser Pier Luigi Farnese war homosexuell und starb eines gewaltsamen Todes, nachdem er versucht hatte, den schönen Bischof von Fornovo zu vergewaltigen.
Der Papst also kannte die Problematik. Vielleicht ist auch daraus sein nachgiebiges Urteil über Cellini zu erklären.

Trauma eines homosexuellen Malers: So sieht Sandro Botticelli das Inferno in Dantes »Göttlicher Komödie«. – Die Schwulen werden gejagt, so in der Hölle wie auch auf Erden. Federzeichnung. Kupferstichkabinett, Berlin

Ganymed in der Sixtinischen Kapelle?

Reichlichen Anlaß zu homosexuellen Verdächtigungen hat auch Michelangelo gegeben. Daß seine Sonette an einen männlichen Adressaten gerichtet sein könnten, hätte man ihm vielleicht unter dem Gesichtspunkt einer platonischen Schwärmerei verziehen. Aber da gab es noch eine ganze Reihe anderer, eindeutiger Affären. Giorgio Vasari, Kunstgeschichtler, Maler und Architekt zugleich, schrieb über Michelangelo: »Mehr als alle anderen liebte er Tommaso Cavalieri, einen römischen Edelmann, der schon sehr früh seine Berufung für die Kunst spürte.« Als Michelangelo 1564 starb, lag seine Hand in der Tommasos.

Den eigentlichen Skandal jedoch lösten die Malereien des Meisters aus. So ruft sein Maler-Kollege Sebastiano del Piombo den antiken Halbgott der Knabenliebe herbei, indem er zu den Deckenmalereien in der Sixtinischen Kapelle schrieb: »Es scheint mir, Ganymedes würde sich dort besonders gut machen. Du könntest ihn mit einem Heiligenschein versehen; man würde ihn für den Heiligen Johannes der Apokalypse im Himmel halten.«

Aretino, Sohn eines Schusters und einer Dirne, ein scharfzüngiger Emporkömmling mit Ambitionen auf ein Kardinalsamt, nahm sich besonders Michelangelos »Jüngstes Gericht« vor: »In meiner Eigenschaft als getaufter Christ schäme ich mich der freizügigen Gesinnung, die Sie in Ihrer Darstellung des Jüngsten Gerichtes über ein

**Zeitgenössischer Stein des Anstoßes: »Das Jüngste Gericht«.
Fresko von Michelangelo, 1536–1541.
Sixtinische Kapelle, Vatikan**

so erhabenes Thema zur Schau tragen. Sie zeigen die Engel und die Heiligen nackt, die einen ohne jede irdische Scham, die anderen jeglicher heiligen Zierde beraubt.«
Noch zu Lebzeiten des Meisters wurde 1550 einer seiner Schüler, Daniele de Volterra, beauftragt, die Nackten des »Jüngsten Gerichts« zu »verhüllen«, und kein Geringerer als El Greco trat mit dem geradezu kunstfeindlichen Vorschlag hervor, die Mauern der Kapelle zu reinigen und mit etwas »Passenderem« zu versehen.
In diesen Sophistereien kündigt sich bereits ein neuer Zeitenwandel an. Das Mittelalter schien, wenn auch nur für einen historischen Moment, zurückzukehren.

Ein Konzil und seine Folgen

Das von Paul III. mit aller Macht angestrebte Konzil war von Anfang bis Ende eine verunglückte Veranstaltung. Es wurde nicht nur zeitlich, sondern auch räumlich mehrfach verschoben. Es war für Mantua geplant, wurde in Vicenza eröffnet, in Trient fortgesetzt und schließlich in Bologna beendet.
Das Konzil war überhaupt nur notwendig geworden, weil die Reformation in den nördlich von Italien gelegenen Ländern solch große Erfolge erzielt hatte. Freilich, was die Frage der »Sünde wider die Natur« anlangte, mußte von der neuen Lehre kein umwälzender Sinneswandel gefürchtet werden.
Luther und die Seinen hielten sich nämlich in dieser Frage auffallend zurück. Er wetterte zwar pausenlos gegen den römischen Sündenpfuhl, doch die klerikale »Sodomiterei« wird nirgendwo expressis verbis erwähnt. Zwar soll er in seinen Tischgesprächen den Papst und die Kardinäle »faule Wänste« und »Sodomiten« genannt haben. Aber das wurde nur von seinen Schülern kolportiert.
In seiner Vorlesung zur Genesis von 1512 lobte Luther sogar in Zusammenhang mit dem Untergang von Sodom und Gomorrha die »geistige Zurückhaltung«, mit der in der Bibel vom Laster der »Sodomiten« gesprochen wurde, Gedanken, die ebenso Paul III. zuzutrauen gewesen wären. (In der Tat war Luther anfänglich sogar bereit, am Konzil seines Widersachers teilzunehmen.)
Auch die anderen Führer der reformatorischen Bewegung übten sich in Kommentarlosigkeit. Philipp Melanchthon interpretierte die Römerbriefe des Apostels Paulus, ohne dessen Ausfälle gegen die Homosexualität einer Bemerkung für würdig zu erachten.
Gerade weil die neue protestantische Lehre sich der »Sünde wider die Natur« nicht annahm, obwohl in ihr große argumentative Möglichkeiten gegen Rom gelegen hätten, widmete sich das katholische Konzil um so ungehemmter dieser Frage. War das Konzil schon in seiner allgemeinen Zielstellung ein wichtiger Meilenstein in der Gegenreformation, die man besser katholische Restauration nennen sollte, so war es dies besonders in der Homosexuellen-Frage. Auf diesem Gebiet wurden alle dogmatischen Urteile der Vergangenheit nicht nur bestätigt, sondern die Angriffe gegen die »Sodomiter« wurden sogar noch agressiver.
Von nun an reichte es aus, unliebsamen Denkern, unbequemen Predigern oder un-

geliebten Herrschern eine »Sünde wider die Natur« zu unterstellen und sie waren gesellschaftlich geächtet, auch wenn der Vorwurf auf einer puren Verleumdung beruhte.
Exemplarisch für die energische geistige Restauration, die das Konzil bewirkte, sind zwei Fälle, die sich in Frankreich zutrugen.

Ein Domherr stirbt den Flammentod

Marc Antoine Muret war einer der angesehensten Philologen seiner Zeit. Er lehrte an verschiedenen französischen Kollegien, unter anderm in Bordeaux, wo Michel Eyquem de Montaigne zu seinen Schülern zählte. Er war außerdem durch Übersetzungen und Kommentare zu Catull, Tibull und Terenz bekannt. Sechsundzwanzigjährig wurde Muret unter Anklage gestellt. Man warf ihm vor, »antiphysische« Neigungen zu haben. Was immer man darunter verstanden haben mochte, jedenfalls kam der junge Gelehrte hinter Gitter.
Nur auf Intervention einflußreicher Freunde wurde er schließlich wieder freigelassen. Er ging nach Toulouse, wo ein rechtswissenschaftliches Lehramt auf ihn wartete. Doch noch ehe er das Katheder besteigen konnte, wurde er erneut inhaftiert, angeblich weil er mit einem seiner Schüler ein sexuelles Verhältnis hatte. Zum Tode verurteilt, gelang es ihm aber, der Exekution durch Flucht nach Italien zu entgehen. Trotz seines angeschlagenen Rufes wurde er 1554 in Rom von Papst Pius V. und Kardinal Ippolito d'Este empfangen. Aus Dankbarkeit für diese pontifikale Gnade trat er dem Priesterstand bei und verfaßte überschwengliche »Geistige Lieder«. Er soll im Kloster an Frömmigkeit von kaum einem übertroffen worden sein.
Da erging es dem armen Richard Renvoisy viel schlechter. Er war Domherr der Saint-Chapelle du Roi zu Dijon gewesen. Unglücklicherweise wurde er beim Liebesspiel mit einem seiner Chorknaben ertappt. Die Justiz kannte keine Gnade. Er wurde zum Tode verurteilt und starb in den Flammen eines Scheiterhaufens.

Die glänzende Isolation

Als Heinrich VIII. 1534 die Trennung der anglikanischen Kirche von Rom verkündete – die Folge seines Streites mit Papst Clemens VII. um die Ehescheidung von seiner Gattin Katharina –, geschah dies eher aus staatspolitischen als aus religiösen Gründen. Die Entscheidung war von weitreichenden Folgen. England befand sich nunmehr nicht nur geographisch, sondern auch kirchenpolitisch im Zustand der »splendid isolation«, der glänzenden Isolierung. In dieser Lage konnten Entwicklungen ihren Lauf nehmen, die auf das kontinentale Europa keinerlei Rücksichten zu nehmen brauchten. Das bezog sich gleichermaßen auf die Wirtschaft, auf die Jurisdiktion, auf Fragen der gesellschaftlichen Moral, der politischen Ethik und der Kultur. Das Leben in England war freier, die sozialen Netze waren durchlässiger, die Aristokratie trug ihren ererbten Stolz nicht so aufdringlich vor sich her wie beispielsweise in Deutschland oder Frankreich.

Und dennoch lag über dem Land ein Gespinst, das alle Freiheiten wieder in Frage stellte. Die elisabethanische Ära war von der Formel geprägt: Es ist alles erlaubt, aber beim Unerlaubten sollte man sich um nichts in der Welt fassen lassen. Das spätere Schicksal des homosexuellen Oscar Wilde wird in dieser Zeit bereits gesellschaftlich vorgeprägt.

England war ein Land der Zweideutigkeit, in dem man nichts mehr zu fürchten hatte als den Skandal. Und wer dem nicht auszuweichen verstand, der mußte mit dem Schlimmsten rechnen.

Die elisabethanische Ära

Ein großer, offensichtlich homosexueller Dramatiker, früher Zeitgenosse Shakespeares, mußte es am eigenen Leibe erfahren.

Fragmente aus dem wüsten Leben
des Christopher Marlowe

In diesem englischen Zwischenreich von Lizenz und Verbot, von Maßlosigkeit und Regel, von Generosität und Haarspalterei wuchs ein Mann heran, der diese Zwiespältigkeit, an der er schließlich zu Grunde ging, bereits von früher Zeit an in sich trug: Christopher Marlowe, neben Shakespeare – sie sind im gleichen Jahr geboren – die bedeutendste Erscheinung und das originellste Dramatikertalent auf dem elisabethanischen Theater.

Von seiner Jugend weiß man nur Fragmentarisches: daß er 1564 in Canterbury (Kent) geboren ist, daß sein Vater Schuhmacher war und der sich zumindest so gut stand, daß er seinem Sohn den Besuch der Universität ermöglichen konnte.

Marlowe begann Theologie zu studieren, vielleicht in der irrigen Annahme, daß die junge anglikanische Staatskirche weniger konformistisch sei als die katholische. Da hätte er sich das Schicksal von Thomas Morus vor Augen halten sollen, dessen glänzende politische Karriere mit der Hinrichtung endete, nur weil er sich dem antirömischen Akt nicht beugte.

Im Studium äußerte Marlowe Meinungen, die seine Lehrherren für ketzerisch hielten. Das Ergebnis war, daß er die Fakultät verlassen mußte. Daß er später auf eine nicht so recht klare Weise den Titel eines »Magisters der schönen Künste« erwarb, will nicht viel besagen, denn davon konnte man nicht leben. Er fristete in London ein ziemlich erbärmliches Dasein, spielte vermutlich Theater, schrieb jedenfalls Stücke. Aber davon konnte man seinen Lebensunterhalt auch nicht bestreiten.

Da ein eigenes Zimmer für Marlowe unerschwinglich war, wohnte er zusammen mit seinem Freund, dem Dramatiker Thomas Kyd, der später noch eine unrühmliche Rolle spielte. Swinburne, der englische Lyriker des 19. Jahrhunderts, wird später einmal über Marlowe sagen: »Vom Himmel hatte er seine Fähigkeiten, von der Hölle seine Laster.«

Nur um welche Laster es sich gehandelt hat, das erfährt man nirgendwo, auch nicht von Marlowe selbst. Für seine Homosexualität gibt es nur Indizien: Man weiß nichts von Frauengeschichten, und er hat mit einem Mann zusammengewohnt. Das bedeutendste, aber auch hinterfragungsfähige Indiz sind zwei seiner wichtigsten Werke. Sie sollten ihm später Ruhm, aber zu seinen Lebzeiten kaum ein Pfund einbringen.

Die zwei Freunde zogen durch Londons Schmuddelkneipen, unterhielten zwielichtige Verbindungen, deren Opfer Marlowe im Juni 1593 wurde; ein bis heute Unbekannter tötete ihn in einer Vorstadtspelunke in Deptford.

Selbst die Gründe für diesen brutalen Mord sind unklar und werden entsprechend

unterschiedlich interpretiert. Die einen halten das Verbrechen für die Aktion eines Jakobinermönchs, andere sprechen vom Streit um eine Hure, andere wieder von einer Auseinandersetzung eines Homosexuellen wegen.
Die englische Justiz muß diesen Fall nicht sonderlich ernst genommen haben. Er hatte jedenfalls kein juristisches Nachspiel. Die Polizei interessierte sich weniger für den Mörder als für den Mann an der Seite des Ermordeten, nämlich für Thomas Kyd.

Kyd, der Denunziant

Kaum war Marlowe tot, wurde Kyd verhaftet und unter Anklage gestellt: nicht etwa einer möglichen Mitschuld an der Tötung des Freundes wegen, sondern wegen atheistischer Äußerungen. Man muß bei ihm in dieser Hinsicht belastende Papiere gefunden haben. Doch Kyd schob alles auf den toten Freund. Und da sich dieser nicht mehr wehren konnte, lieferte Kyd Informationen, die dem physischen Mord nun auch noch den Rufmord hinzufügten.
So behauptete er, Marlowe hätte geäußert: »Ein Schwachkopf, der nicht den Tabak und die Knaben liebt.« Aber noch katastrophaler war die Kolportage, die nun wirklich an das Mark christlichen Glaubensverständnisses ging. Kyd unterschob Marlowe die Sentenz: »Der Evangelist Johannes war der Bettgefährte von Jesus, der täglich an seiner Seite lag und ihn nach der Art der Sünder von Sodom behandelte.«
Es ist gut verständlich, wie ein trotz der Abspaltung vom Vatikan nach wie vor christlich orientiertes Land auf die angeblich von Marlowe gemachte Behauptung reagierte, Jesus sei ein Homosexueller gewesen. Es konnte nicht anders sein: Der Dichter starb in diesem Augenblick seinen zweiten Tod.

Eduard II. – Wirklichkeit und Dichtung

Nach dem heutigen Forschungsstand sind die realen Geschehnisse im Fall Marlowe weder eindeutig belegbar noch eindeutig widerlegbar. Seine literarische Hinterlassenschaft gibt uns da schon eher Auskunft. Hier finden sich zwei Werke nicht etwa nur mit homoerotischer Bezüglichkeit, sie haben vielmehr die Homosexualität direkt zum Thema.
Das Gewicht dieser Tatsache wird erst deutlich, wenn man sie im Zusammenhang mit dem zeitgenössischen literarischen Umfeld sieht. Homoerotische Motive kommen zum Beispiel bei Shakespeare weder in den Historiendramen noch in den Tragödien vor. Er weist dieses Thema eindeutig den Komödien und den Sonetten zu. Aber auch da wird der poetologische Hintergrund einer komplizierten Verschlüsselung unterworfen.
Immerhin aber leben die Shakespeare-Komödien vom scheinbaren Geschlechtertausch, sie beziehen ihre komödische Dramaturgie aus einer scheinbaren genetischen »Umpolung«. Da verlieben sich Männer in Frauen, die eigentlich Männer sind. Und Frauen werden Männer, die von Frauen begehrt werden. Es geht in die-

Dramatische und erotische Provokation über Jahrhunderte. Der skandalöse Monarch, der Dichter von Marlowe bis Brecht anregte: Eduard II. von England. Holzschnitt, 1529

sen Stücken lustig und turbulent durcheinander, und das nicht nur von der theatralischen Ästhetik her.
Außerdem muß man berücksichtigen, daß zur Shakespeare-Zeit die Frauenrollen von Männern gespielt wurden. Und das wußte das Publikum natürlich auch. Unter diesen Umständen konnte selbst »Romeo und Julia« zu einem homoerotischen Stück werden, wenn man sich nur insgeheim unter dem jeweiligen femininen Köstüm den maskulinen Darsteller vorstellte. Und da die Austauschbarkeit der Geschlechter zur gängigen Theaterpraxis gehörte, nutzte sie Shakespeare als »Zündstoff« seiner Komödien: gemessen an dem, was Marlowe vorlegte, ein harmloser Fall.
Marlowes Homosexuellen-Drama, und es ist das erste in der Literaturgeschichte überhaupt, trägt den umständlichen, aber für die Entstehungszeit typischen Titel »The Troublesome Raign and Lamentable Death of Eduard The Second, King of England« – »Die sorgenvolle Herrschaft und der beklagenswerte Tod von Eduard dem Zweiten, König von England«.
Das Stück beruht auf wirklicher Geschichte. Eduard II. hat tatsächlich gelebt, Ende des 13. und zu Beginn des 14. Jahrhunderts. Und er war homosexuell. Schon als Jüngling hat er sich mit seinem Intimus, einem Ritter aus der Gascogne namens Gaveston vergnügt. Eduards Vater entdeckte die Beziehung und schickte daraufhin den jungen Mann zurück nach Frankreich. Kaum war der alte König tot und der junge kam an die Macht, wurde Gaveston flehentlich an den englischen Hof zurückgebeten. An dieser Stelle beginnt die Handlung von Marlowes Stück.
Gaveston sinkt also in die Arme des königlichen und zudem inzwischen verheirateten Geliebten. Das Paar zeigt seine homoerotische Beziehung öffentlich und provoziert so entsprechende Gegenreaktionen. Die mächtigen Barone des Landes unter Führung von Mortimer sehen ihren Einfluß am Hofe schwinden und drohen dem König, sie würden Gaveston notfalls gewaltsam beseitigen. Die Königin sieht sich vernachlässigt und in ihrer ehelichen Würde beleidigt.
Doch Eduard ist in seiner Liebe zu Gaveston wie geblendet. Er sieht die dunklen Wolken einfach nicht, die sich über seiner Herrschaft zusammenziehen. Die Gegenpartei kennt keine Kompromisse. Sie setzt Gaveston gefangen und läßt ihn sofort umbringen, obwohl Eduard darum gebeten hatte, den Geliebten noch einmal sehen zu dürfen.

Im zweiten Teil des Stückes treten zwei neue Günstlinge auf den Plan: Spencer und Baldock, auch sie nicht frei von homoerotischen Avancen gegenüber dem König. Sie drängen den Herrscher, gegen die Verschwörung der Barone vorzugehen. Eduard läßt zwei der Anführer hinrichten, offensichtlich die falschen, denn Mortimer bleibt am Leben und wird nur in den Tower geworfen, aus dem er entfliehen kann. Dieser organisiert von Frankreich aus und mit Unterstützung von Königin Anna den Sturz und die physische Vernichtung Eduards II.

Neptun und Leander –
die mythologische Versuchung

Es hat vorher kein Stück gegeben, in dem die homosexuelle Veranlagung der Hauptfigur nicht nur den dramatischen Konflikt konstituiert, sondern wo sie die Entwicklung der Handlung in solch eindeutiger Weise bestimmt. Als Gaveston den Brief empfängt, in dem er vom jungen König nach England zurückgebeten wird, ruft er enthusiastisch aus:

»Süßer Prinz, ich komme! Diese deine Liebeszeilen
geben mir Kraft, von Frankreich aus zu dir zu schwimmen
und wie Leander keuchend auf den Sand zu sinken.
Und du wirst lächeln und mich in die Arme nehmen.«

Der Verweis auf Leander bezieht sich auf eine der großen heterosexuellen Liebesgeschichten. Der griechischen Sage nach schwamm der Jüngling allnächtlich durch den Hellespont hinüber zu Hero, der schönen Priesterin der Aphrodite. Leander ertrank, als die von Hero als Wegweiser aufgestellte Lampe im Sturm erlosch.
Gaveston sieht sich also, wie die Eingangsverse des Stücks beweisen als Leander, der hinüberschwimmt zu seiner männlichen Hero, dem neuen englischen König. Marlowe scheint vom Transponieren der heteroerotischen Liebesgeschichte in eine homoerotische sehr fasziniert gewesen zu sein. Zumindest läßt darauf die Tatsache schließen, daß er das Thema noch einmal in der Versdichtung »Hero und Leander« aufgreift, auch dies ein im Grunde genommen homoerotisches Werk. Das Gedicht ist eine sonderbare Umdeutung der klassischen Vorbilder (Ovid, später Musäus). Zwar will auch bei Marlowe Leander zur schönen Hero schwimmen, aber das ist nur der Ausgangspunkt, der »Aufhänger« der Geschichte. Hauptsächlich geht es darum, was Neptun mit dem im Meer schwimmenden Leander treibt:

»Er tätschelte seine vollen Backen, spielte mit seinen Locken
Und bekannte mit lüsternem Lächeln seine Liebe;
Er beobachtete seine Arme und schlüpfte,
als sie sich bei jedem Zug weit öffneten, zwischen sie hinein,
Stahl einen Kuß und lief wieder weg und tanzte,

Schickte im Umdrehen manchen begehrlichen Blick zurück,
Und warf ihm ein schillerndes Spielzeug zu, um sein Auge zu befriedigen,
Tauchte unter Wasser, und erforschte dort seine Brust,
seine Schenkel und jedes Glied,
Kam wieder hoch, schwamm neben ihm her,
Und sprach von Liebe…«

Das Gedicht endet mit einer Pointe, die mehr das dramatische als das lyrische Talent Marlowes offenbart. Mit einem kurzen Schlußsatz entläßt er die Geschichte wieder in ihre heterosexuelle Motivtradition, macht Leander zum Ahnungslosen, der von der homosexuellen Begehrlichkeit Neptuns angeblich nichts wahrgenommen hat:

»Und sprach von Liebe. Leander antwortete:
›Ihr täuscht Euch! Ich bin keine Frau!‹«

Wie die Geschichte ausgeht, weiß man nicht. Aber es hat angesichts der koketten Bemerkung Leanders den Anschein, daß Neptun eher ans Ziel seiner sexuellen Wünsche kommt als die wartende Hero auf der anderen Seite des Hellespont. Doch letztlich bleibt alles offen, so wie im Leben des Dichters letztlich alles offen, alles ohne Erfüllung geblieben ist.

Dieses Rätselhafte in Marlowes »Hero und Leander« verbindet den Gescheiterten mit dem Erfolgreichen, mit Shakespeare und seiner homoerotischen Sonett-Dichtung.

Das müßige Rätsel um W. H.

Auch bei Shakespeare weiß man zwar poetologisch, woran man ist, aber nicht biographisch. Die Fakten sind die: Shakespeares »Sonnets« wurden 1609 veröffentlicht, es handelt sich um insgesamt 154 Gedichte. Die Mehrheit ist eindeutig an zwei Adressaten gerichtet, zum einen an einen Mann, der mit den Initialkürzeln »W. H.« belegt wird, zum anderen an eine Frau, die mit »dark lady« bezeichnet ist.

Lange Zeit hat sich die Shakespeare-Forschung mit Lösungsversuchen des Rätsels aufgehalten, wer sich in Wirklichkeit hinter den geheimnisvollen Bezeichnungen verbirgt. Was die Initialen »W. H.« anlangt, so kommen nach Meinung der biographischen Erkunder gleich mehrere Personen in Frage.

Zunächst Sir William Harvey, den sich Lady Southampton als dritten Gatten nahm. Schon dieser Fakt macht es unwahrscheinlich, daß er der Mann sein könnte, dem Shakespeares glühende Verehrung gelten sollte. Es käme aber auch der Schauspieler William Hughes in Betracht, der sich durch die Darstellung von Frauenrollen hervortat. Außerdem stehen noch William Herbert, Graf von Pembroke, und der Drucker William Hall auf der Hypothesen-Liste. – Wer es wirklich war, weiß man trotz emsigen Forschens bis heute nicht, auch nicht, wer sich hinter der »dark lady« verbirgt. Statistisch gesehen dominieren in der Sammlung die homoerotischen Sonette: 124

sind an »W. H.« gerichtet, nur 24 an die »dunkle Dame«. Dazwischen gibt es eine dritte Gruppe von sechs Sonetten, die sogenannten Liaison-Sonette. Sie geben, was die Entschlüsselung der Adressaten anlangt, die größten Rätsel auf.
In ihnen wird nämlich erzählt, wie die »dark lady« Shakespeare mit einem anderen betrügt, möglichweise sogar mit »W. H.«. Das versetzt den Dichter in tiefe Klage und maßlose Verzweiflung. Das Bild, das der Schreibende hier von sich selbst zeichnet, kann eigentlich gar nicht Shakespeare sein, dieser realitätsverbundene, aktive, von geradezu explosiv-dramatischer Begabung gesegnete Mann. Also ist der »Schreiber« ein dritter, und Shakespeare hat die Sonette nur im Auftrag geschrieben, ohne in ihnen persönlich eine Rolle zu spielen? Die Verwirrung wird immer größer.

Zwei erotische Seelen in Shakespeares Brust?

Sie kann sich eigentlich nur auflösen, wenn man die Suche nach »W, H,«, nach der »dark lady« und nach einem möglichen Auftraggeber aufgibt und sich zu der Hypothese entschließt, daß es diese drei Personen gar nicht gab, daß die Dichtungen nur von einer Figur handeln, nämlich von Shakespeare selbst, der in ihnen die zwei erotischen Seelen in seiner Brust offenlegt: die homoerotische in einem fiktiven Partner, die heteroerotische in einer fiktiven Partnerin.
So gesehen machen auch die rätselhaften Liaison-Gedichte einen Sinn, zum Beispiel das 144. Sonett:

»Zwei Lieben lenken mich zu Glück und Leid,
vollführen geisterhaften Zeitvertreib;
ein Jüngling steht im Licht; zum Widerstreit
mit ihm als böser Geist ein dunkles Weib.

Um sicher in die Hölle mich zu bringen,
lockt sie den lichten Geist mir von der Stelle,
versuchend ihn, satanisch zu durchdringen,
und leitet so den Heiligen zur Hölle.

Ob ganz mein Engel mir schon kam abhanden,
kann ich nicht wissen, doch ich mag's vermuten;
die beide, mir entfernt, einander fanden,
so scheint's, er brenne schon in Höllengluten.

Gewißheit aber wird, wenn ohne Zweifel
mein Teufel meinen Engel jagt zum Teufel.«

Es muß auffallen, daß Shakespeare das Betrugsgeschehen auf eine eindeutig geistige Ebene hebt und diese mit einem geradezu spirituellen Vokabular beschreibt. Da ist

William Shakespeare: Seine Sonette gaben auch den Sexualhistorikern manches Rätsel auf. Anonymes Porträtgemälde. National Portrait Gallery, London

von »geisterhaftem Zeitvertreib«, von einem »bösen« und einem »lichten Geist« die Rede, »Engel«, »Teufel« und »Höllengluten« beherrschen die poetische Szene. Das Ganze hat einen Anflug von Unwirklichkeit, einen Hauch von Erotik, die sich im Metaphorischen erschöpft, als sei sie ein Gedankenspiel zwischen zwei Möglichkeiten sexueller Verwirklichung.

Das war typisch für die geistige Atmosphäre der elisabethanischen Ära, in der auch für die wirklichen und die potentiellen Homosexuellen die Regel galt: Man durfte fast alles sagen, aber nicht zu deutlich und vor allem nicht zu laut.

Doch bald sollte man, wenigstens auf dem Theater, gar nichts mehr sagen dürfen. Kaum hatten sich die Puritaner mit ihrem protestantisch-spartanischen Kargheitsenthusiasmus durchgesetzt, sorgten sie für die Schließung der Theater. Shakespeare und Marlowe verloren ihre Brücken zum Publikum. Alles, was auf der Bühne geschah, hieß nunmehr Sünde: Dramatik im Abseits.

Wie mag es unter diesen Bedingungen den Nachfahren eines Mannes ergangen sein, der das Liebeswerben Neptuns um einen männlichen Schwimmer so lustvoll beschrieben hat. Wieder einmal wurden die Homosexuellen in den Untergrund gedrängt, verlangte die Gesellschaft nach erotischen Lügnern, nach sexuellen Heuchlern und letztlich nach einer Perversion der Wahrheit. Es ist, als ob sich die Zeiten begegnen: Leonardo, Michelangelo, Marlowe, Wilde, Tschaikowski, Sappho und die Stein sowie ihre zahllosen berühmten wie auch namenlosen Geschlechtsgenossinnen; sie saßen alle in einem Käfig voller Lügen.

Die Mignons

In Frankreich ging es zur gleichen Zeit – zumindest im Kreise der Mächtigen – vergleichsweise locker zu. Das mag zunächst daran gelegen haben, daß der Mann an der Spitze, jener König, der Marlowes und Shakespeares Zeitgenosse war, seine homosexuellen Neigungen offen auslebte. Heinrich III. aus dem Hause Valois gönnte sich eine ganze Schar hübscher, junger Höflinge, der sogenannten Mignons, um seine Triebe ungehemmt zu befriedigen. Wurde die »Sodomiterei« am Königshof praktiziert, konnte man sicher sein, daß sie in den Kreisen der Hocharistokratie prompt Nachahmer fand. Während die katholische Kirche wünschte, die Tugend möge sich von unten nach oben verbreiten, war es in Wahrheit umgekehrt: Die »Sünde« verbreitete sich von oben nach unten. Und sie hatte viele Kinder. So konnte es sich, weil er Sohn des übermächtigen Kardinals de Guise war, Saint-Pavin leisten, sich »König von Sodom« zu nennen und als ein früher Zeitgenosse Heinrichs IV. von Frankreich folgendes Epigramm zu Papier zu bringen:

»Wenn dein Page die Getränke ausschenkt,
Und man ein Auge auf seine Schönheit wirft,
Gerätst du sogleich in düstere Stimmung
Und schaust uns zweifelnd an.
Haben wir ein Verbrechen begangen,
Daß du uns so behandelst?
Verbietet uns etwa die Natur,
einen schönen Jüngling zu betrachten?
Sei doch in Zukunft etwas weiser,
Und wenn du nicht etragen kannst,
Daß man beim Wein Deinen Pagen bemerkt,
Dann lade zum Essen die Blinden Dir ein.«

Der Text könnte von Martial stammen – aber er stammt aus dem frühen 17. Jahrhundert und aus der Feder eines Kardinalssohns. Einer solchen Herkunft konnte sich der Franzose Geffroy Vallée, Autor des ketzerisch-freidenkerischen Traktats »Die Geißel des Glaubens« oder der sodomistischer Neigungen überführte Italiener Vanini nicht rühmen. Sie endeten beide, der eine 1574, der andere 1619, auf französischen Scheiterhaufen.
Derweil kultivierte Saint-Pavin seinen homoerotischen Rigorismus. Er kanzelte Théophile de Viau, einen homosexuellen Dichter von großem Talent, mit dem Satz ab: »Mit sehr viel Talent schaffte er es, beim Geliebten mit denselben Versen auszukommen, die er für die Mätresse geschrieben hatte.« Saint-Pavin glaubte mit solchen Infamien Théophile attackieren zu müssen, weil dieser begabter und auch beliebter war als er selber. Immerhin las selbst Anna von Österreich mit genüßlicher Freude seine Gedichte, zum Entsetzen ihres Gatten Ludwigs XIII. Der Monarch charakterisierte die Verse von Théophile als Machwerke, »die eines Christen unwürdig waren, sowohl der Zoten als auch der gottlosen Ansichten wegen«.

»Donna con Donna«

Die ersten Zeugnisse der lesbischen Liebe finden sich bezeichnenderweise in der französischen Literatur. Ab 1584 ließ Pierre de Bourdeilles de Brântome, unter seinen Freunden ein Manuskript zirkulieren, das den umständlichen Titel trug »Memoiren des Herrn Bourdeilles, Herrn von Brântome, die das Leben der berühmten Damen seiner Zeit enhalten«. Das Buch ist voller heterosexueller Amouren, aber auch lesbische kommen darin vor. Er nennt diese Liebesart »Donna con Donna«, »Frau mit Frau«.

Damit wird endlich auch die weibliche Homosexualität thematisiert – bezeichnenderweise von einem Mann. Daß sich in diesen Darstellungen die Frauen, die sich damals wie zu jeder Zeit aus tiefer innerer Hingabe zur gleichgeschlechtlichen Liebe hingezogen fühlten, schwerlich wiederfanden, muß zumindest angenommen werden. Wichtig aber ist: Ein über Jahrhunderte unerschütterlich scheinendes Tabu wurde gebrochen.

Natürlich geht Brântome davon aus, daß Frauen, die sich miteinander vergnügen, dies letztlich nur aus Verlegenheit und Männermangel tun. Er stellt die rhethorische Frage: »Wenn Männer zur Hand wären und ohne Ärgernis genommen werden könnten, würden diese Frauen nicht ihre Gefährtinnen verlassen und sich jenen an den Hals werfen?« Daß lesbische Liebe nicht nur eine erotisch-sexuelle Komponente hat, sondern auch eine seelische – eine solche Erkenntnis kann wohl einem französischen Aristokraten des 16. Jahrhunderts nicht abverlangt werden.

Die Toleranz gegenüber der weiblichen Homosexualität hat bei Brântome vor allem auch juristische Gründe. Im Leben der hauptstädtischen Oberschicht kamen nämlich immer wieder Fälle vor, die nach folgendem Muster abliefen: Eine verheiratete Frau, der sexuellen Monotonie ihres Ehelebens überdrüssig, nahm sich einen Liebhaber, wurde von ihm schwanger und gab den Bastard als Kind ihres Gatten aus, der dem »außerehelichen« Sprößling natürlich Erbrechte einräumen mußte.

In diesem Punkt waren die Reichen stets empfindlich. Solche Konsequenzen vor Augen, fand Brântome es dann doch besser, wenn sich Frauen mit Frauen abgaben, »Donna con Donna«.

Die Akzeptanz der lesbischen Liebe, wie sie aus den Darstellungen Brântomes spricht, ist nicht gleichbedeutend mit der Billigung der männlichen Homosexualität. Gegen sie wurde im Gegenteil mächtig vom Leder gezogen. Brântome schrieb und versteckte sich dabei hinter Lukian: »Jedenfalls ist es seiner Meinung nach besser, daß eine Frau der unzüchtigen Neigung folge, den Mann zu spielen, als daß Männer sich wie Frauen nehmen lassen. Dagegen könne eine Frau, die den Mann nachahmt, immer noch für tapferer und tüchtiger gehalten werden als eine andere, und ich selbst kannte einige, die es wohl waren, im Leibe und in der Seele.«

Brântome hatte zwar Verständnis, aber keine Kenntnis. Jedenfalls beweist dies seine Bemerkung, daß in der lesbischen Beziehung zumindest ein Teil »den Mann zu spielen« hatte. Die große Verlegenheit der Vertreter der sogenannten französischen Libertinage, der Brântome zuzurechnen ist, bestand darin, daß sie sich homosexuelle Praktiken als autonomes zwischenmenschliches Geschehen einfach nicht vorstellen konnten. Homosexualität wurde bei ihnen zur »Ersatz-Heterosexualität«, innerhalb derer einer der gleichgeschlechtlichen Partner einen Rollentausch vorzunehmen

hatte: bei den Schwulen mußte einer die Frau, bei den Lesben eine den Mann spielen. Zu mehr reichten Wissen und Phantasie der Autoren nicht aus. – Und mancher heutzutage ist ebenfalls nicht viel klüger.
Auch die Wissenschaft trug nichts Konstruktives zur Klärung bei. Ihre Unsicherheit brachte Interpretationen zutage, die voller unfreiwilliger Komik sind.
In diesem Zusammenhang ist eine Szene interessant, die der Medziner und Sexualwissenschaftler Iwan Bloch, der zu Beginn des 20. Jahrhunderts wirkte, als »einen der frühesten Hinweise auf homosexuelle Beziehungen zwischen Frauen« bezeichnet hat. Sie steht im zweiten Buch von Philip Sidneys »Arcadia«. Der Text, etwa um 1580 veröffentlicht, beginnt mit der modischen Konstellation: ein Mann verkleidet sich als Frau. Doch nun verliebt sich eine andere Frau, ausgerechnet noch die Königstochter, in die »Frau«. Diese »Verwirrung der Gefühle« bringt sie in Verzweiflung. In ihrer Not wendet sie sich an ihre Schwester. Die beiden entledigen sich ihrer Kleider, sie liegen im Bett, küssen und umarmen sich....
Doch wie weiter? Obwohl die gesamte Szene auf einen lesbischen Sexualakt angelegt ist, verlassen an dieser Stelle den Autor Wissen und Lebenskenntnis. Er findet einen recht kleinformatigen Ausweg, indem er zwischen die beiden nackten Schönen Cupido – allerdings ohne Pfeil – legt.
Aber ohne Pfeil, ohne den Phallus, glaubten die Sexpatriarchen des 16. Jahrhunderts, ging nichts im sexuellen Bereich. Daß es schon in der Antike den künstlichen Penis als Sexspielzeug gab, wurde ignoriert. Stattdessen wurde gegen alles vorgegangen, was das männliche Glied ersetzen oder gar überflüssig machen konnte.
So behauptete der Franziskaner Ludovico Sinistrari in seinem »Peccatum Mutum«, daß es Frauen gäbe, deren Klitoris von der Größe eines männlichen Gliedes sei, was sie in die Lage versetzte, in höchst maskuliner Weise in eine andere Frau einzudringen. Sinistrari schlägt nun folgende Lösung vor: Wurde eine Frau der Unzucht mit einer anderen angeklagt, dann sollte ein Gremium von älteren und ehrbaren Damen feststellen, ob die Angeklagte über eine übermäßig große Klitoris verfügte. War das der Fall, »besteht die Wahrscheinlichkeit, daß sie sie für das verruchte Verbrechen verwendet hat; genau wie es vom Standpunkt des Gerichtes aus als gegeben betrachtet wird, daß ein Mann, wenn er mit einer Frau schläft, auch mit ihr Unzucht treibt«. Nun sollten die beiden Frauen der Folter übergeben werden. Für den Fall, daß dabei eine gestand, sollten beide zum Tode verurteilt werden.
Ähnliche Schauergeschichten wurden über die weibliche und männliche Masturbation verbreitet. Sie war nicht nur Sünde, sie war vor allem, wie die damaligen Mediziner behaupteten, äußerst gesundheitsschädlich. Ein grausames Szenarium des Siechtums wurde gezeichnet: Unfruchtbarkeit, Rückenmarkschwund, Haarausfall, Anfälle von Wahnsinn. Diese Symptome verschlimmerten sich angeblich noch, wenn bei der Masturbation ein fremder Gegenstand, womöglich ein künstliches Glied, benutzt wurde. Dieses alles und Schlimmeres ist nachzulesen im »Handbuch für Damen oder Jede Frau ihr eigener Arzt«. Es erschien in England 1740.

Die Zeit der Empfindsamkeit oder die Rückkehr des alternden Platon

Der Freundschaftskult

Je moderner die Zeiten wurden, desto einsamer fühlte sich der Mensch in ihnen, um so mehr war er auf sich selbst verwiesen. Er begann seine Seele zu entdecken, seine Gefühle zu beobachten, seinen Sehnsüchten nachzuspüren.

So ungefähr stellte sich der »psychische« Zustand einer Zeit dar, die in ihrem geographischen und technischen Erkenntnisstand weit über ihre Vergangenheit hinausgewachsen, in der aber der Mensch noch weitgehend eine terra incognita, ein unbekanntes Land, geblieben war. Die von Kirche und weltlicher Herrschaft angebotenen Daseinsmuster verfehlten immer mehr die wirkliche Befindlichkeit des einzelnen. Was in dieser Lage blieb, war die Flucht nach innen, die Introversion in die eigene Seelenwelt.

Wohl dem, der in dieser Situation eine verwandte Seele fand, einen Menschen, dem er sich offenbaren konnte, einen Freund oder eine Freundin, dem oder der man seine seelische Verfassung unverhüllt zeigen konnte. Die Zeit der beinahe kultischen Verherrlichung der Freundschaft zwischen Gleichgeschlechtlichen brach an. Die Freundin seufzte sich – oft nur brieflich – an der Schulter der Freundin aus, der Freund tat ein gleiches an der Schulter des Freundes.

Es ist zweifelhaft, darin ausschließlich eine zeitgemäße Mode zu sehen, wie das manche Sexualhistoriker tun. Vielmehr handelt es sich um ein sozial-psychologisches Phänomen der Endzeit des Feudalabsolutismus, einer Periode, in der es offenbar immer mehr Menschen klar wurde, daß die offiziell proklamierten Werte zunehmend inhaltslos wurden, daß auf die sozialen Mechanismen kaum noch Verlaß war. Funktionierte die Gemeinschaft nicht mehr, so wollte man wenigstens jemanden haben, durch dessen Vorhandensein die Welt wieder in Ordnung kam. Die bürgerlichen Revolutionen, die wie ein Feuermeer den Kontinent gegen Ende dieses 18. Jahrhunderts überziehen werden, kündigten sich in diesen zarten Flämmchen der Empfindsamkeit an.

Daß sich diese Freundschaften stets nur zwischen den Angehörigen des gleichen Geschlechts entfalteten, hat mehrere Gründe. Der offensichtlichste ist der, daß die Gesellschaft an ihrem Geschlechterseperatismus beharrlich festhielt. Zu einer ersten erotischen, aber keineswegs sexuellen Begegnung zwischen Frau und Mann kam es in der Regel erst mit dem Verlöbnis. Doch ein solches Ereignis trat für den Mann in einem immer höheren Lebensalter ein. Er mußte erst Karriere machen, es zu etwas gebracht haben, bis er an die – möglichst standesgemäße – Gründung einer eigenen Familie überhaupt denken konnte. Die Mädchen verbrachten viele Jahre in Internaten und die jungen Männer beim Militärdienst. Alles, was sich in diesen Zeiten an seelischen Eruptionen vollzog, konnte nur eine Adresse innerhalb des eigenen Geschlechts finden.

Aber auch nach der Hochzeit wurden solche gleichgeschlechtlichen Freundschaften sozial akzeptiert, schienen sie doch die Gefahr einer ehewidrigen Liaison weitgehend auszuschließen. Männer, oft genug und ausschließlich mit dem Auf- und Ausbau ihrer Karriere beschäftigt, hatten kaum Zeit für ihre Frauen. Da war es schon gut, wenn die Frau eine Freundin hatte, mit der sie ihre oft genug als »Weiberkram« diffamierten Probleme besprechen konnte.

Umgekehrt hatten die Männer Probleme, denen ihre Frauen schon deshalb nicht folgen konnten, weil sie in sie gar nicht eingeweiht waren. Das Leben war voller Domänen, die kurzerhand zur Männersache deklariert wurden, gleichgültig, ob sie es tatsächlich waren. Gab es auf diesen Gebieten Schwierigkeiten, wer wollte da dem ratlosen Mann Verständnis und Hilfe geben – wenn nicht ein Mann?

Die Verwandtschaft der Seelen

Diese Freundschaften wurden um so leichter gesellschaftlich geduldet, da sich in ihnen die Gedankenwelt des späten Platon auf sonderbare Weise in der Wirklichkeit einer viel späteren Zeit zu manifestieren schien. Liebe war zwar noch erotisch, sie gab sich aber unsexuell, eben platonisch. Und wer sollte dagegen etwas einzuwenden haben?

Anderseits waren sich die Beteiligten selbst der möglichen homosexuellen Komponente ihrer Freundschaftsbeziehung nicht bewußt. Das erwies sich keineswegs als Nachteil, denn so kam eine Umgangsart zustande, die frei von Verklemmungen und Vorurteilen sein konnte und die zeitgenössische und spätere Interpreten Lügen strafte, daß gleichgeschlechtliche Beziehungen nur im Bett und nie in der Seelenverwandtschaft zustande kommen.

Es gehörte keineswegs zu den Ungewöhnlichkeiten, wenn in einem Brief folgendes zu lesen war: »Ich liebe Sie mehr, als Freundschaft lieben kann. Ich setze mich Ihnen, der Frau, die ich allen anderen auf der Welt vorziehe, zu Füßen und umarme Sie von ganzem Herzen.« Der Text stammt aus der Feder der berühmt-berüchtigten Baroness Anne de Staël, der französischen Schriftstellerin. Sie war zweimal offiziell und einmal heimlich verheiratet gewesen, von den anderen heterosexuellen Affären gar nicht zu reden. Das hinderte sie aber nicht, jahrelang eine innige Freundschaft zu Mademoiselle Juliette Récamier zu unterhalten, der sie die innigsten Briefe schrieb:

»Du steht in meinem Leben an erster Stelle. Als ich Dich sah, schien mir, als ob von Dir geliebt zu werden bedeutete, mit dem Schicksal in Eintracht zu sein. Es würde eigentlich sogar genügen, wenn ich Dich sehen könnte. Du bist meines Herzens Königin, sag mir also, daß Du mir nie wehtun wirst; gerade jetzt hättest Du es in der Hand, mich schrecklich zu verletzen.

Adieu, meine Geliebte und Angebetete. Ich drücke Dich an mein Herz. Mein Engel, sag am Ende Deines Briefes zu mir: Ich liebe Dich. Das Gefühl, welches ich bei diesen Worten empfinden werde, wird mich glauben machen, ich drücke Dich an mein Herz.«

Im Nachhinein haben zahlreiche Kommentatoren Texte wie die der Madame de Staël als zeitmodisches Oberflächengefühl zu disqualifizieren gesucht, als emotionale »Masche« denunziert. Sie haben damit – zwar nicht allen – aber doch sehr vielen Beteiligten – ob Männern oder Frauen – unrecht getan. Das zeigt schon die Tatsache, daß viele sehr wohl zu unterscheiden wußten, wo sich Freundschaft in verfälschter Oberflächlichkeit erschöpfte und wo sie ein dauerhaftes Gefühl repräsentierte. So beschreibt Sarah Ponsoby, die 1778 mit ihrer Freundin von zu Hause durchgebrannt war, wo die Grenze zwischen Mode und Innerlichkeit lag: »Die Achtung neuartiger Kräfte oder die Neuentdeckung liebenswürdiger Eigenschaften können einen Tag oder eine Woche zieren, *aber eine zwanzig Jahre dauernde Freundschaft ist mit dem Lebensgefüge verwoben.«* (Hervorhebung G. F.) Und dieselbe Frau hat gesagt: »Wer am längsten liebt, liebt am besten.«

Solange sich diese homoerotischen »Ausbrüche« im Spirituellen bewegten, hatte keiner im 18. Jahrhundert ernsthafte Einwände zu machen. Anders verhielt es sich schon, wenn die platonische Fleischlosigkeit durch den Sexus »verderbt« wurde. An dieser Stelle hörte die Toleranz auf.

Der Berliner Johann Georg Krünitz zum Beispiel nahm in seine 1773 herausgegebene, ehrgeizige »Ökonomisch-Technologische Enzyklopädie oder allgemeines System der Staats-, Stadt-, Haus- und Landwirtschaft« ein Stichwort über »Knabenschänderei, Knabenschändung« auf. Hier liest man Dinge, die den Eindruck erwecken, die Zeiten der Libertinage hätte es nie gegeben, zumal es ihm nicht um die »Knabenschändung« schlechthin ging, sondern um den männlichen homosexuellen Verkehr überhaupt.

War zweimal offiziell verheiratet und einmal heimlich, schrieb aber trotzdem glühende Liebesbriefe an ihre Freundinnen: die französische Schriftstellerin Germaine de Staël. Gemälde von Elisabeth Vigée-Lebrun, 1841. Musée d'Art et d'Histoire, Genf

Krünitz charakterisiert die Päderastie als »ein unnatürliches Laster der Unkeuschheit, da eine Person männlichen Geschlechts Knaben – oder auch andere Mannspersonen – zur Befriedigung der Wollust mißbraucht; eine verbrecherische Liebe... Auf die Päderastie und Sodomiterei wird 3 Mos 20,13-16 Lebensstrafe gesetzt, die vermutlich durch die Steinigung vollzogen wurde... Wenn man bedenkt, wie fürchterlich Knabenschändung dem Staate ist und wie sehr dieses abscheuliche Laster sich insgeheim auszubreiten pflegt, so wird man nach den Regeln der Politik die Strafe nicht zu hart finden.«

Und Krünitz schließt seinen im Geiste des finstersten Mittelalters geschriebenen Artikel mit dem etwas einfältigen Wunsch: »Glücklicher wären unsere Nachkommen, wenn das Andenken dieses Lasters, welches jetzt viele Edle im Volke schändet, nicht in das folgende Jahrhundert hinüber reichte! Und noch glücklicher wäre die Nation, wenn es nicht bereits in niederen Hütten tobte, und Erziehung, Beispiele, erhitzende Nahrung, Gelegenheit und Onanie zur Verbreitung dieser Wollust dienten.«

Ein Strafrechtler schreibt einen Bestseller

Glücklicherweise gab es Zeitgenossen, die etwas weniger altmodisch und ketzerisch dachten als Krünitz. Die europäische Aufklärung stellte, wenn auch nur als peripheres Problem, die bisherige Haltung zur Homosexualität in Frage.

Der philosophische Ansatz der Aufklärung gegenüber dem Problem liegt darin, daß alle Prozesse in der Natur nach Gesetzen ablaufen, unabhängig davon, ob sie vom Menschen bereits erkannt sind oder nicht. Eines dieser Gesetze ist das der Arterhaltung, die bedingt, daß sich bei Mensch und Tier der Sexualtrieb auf das jeweils andere Geschlecht richtet. Wendet er sich dem eigenen Geschlecht zu, dann ist das keine Sünde wider die Ordnung der Natur, wie die Theologen sagten, sondern eine imaginäre Abbiegung (Devation) vom eigentlichen Naturablauf. Das heißt: Der Mann, der mit einem Mann koitiert, stellt sich dabei eine Frau vor, die lesbische Frau einen Mann – so wie bei der Onanie jeweils geschlechtsentgegengesetzte Vorstellungen meist eine Rolle spielen.

In der Tat werden in vielen Schriften der Aufklärung – wie etwa in Kants »Metaphysik der Sitten« – Onanie und Homosexualität gleichgestellt und in kühl-distanzierter Weise ohne pharisäerhafte Agressivität abgehandelt. Auch der Jurist Johann Jakob Cella sah in seiner Schrift »Über Verbrechen und Strafen in Unzuchtsfällen« diesen Zusammenhang, wobei er stets vom Ersatzcharakter der homosexuellen Aktivitäten ausging.

Die gleichgeschlechtliche Liebe als Substitution – das war die Erkenntnisgrenze, über die das 18. Jahrhundert nicht hinauszugehen vermochte. Der heterosexuelle Geschlechtsakt blieb das non plus ultra, alles andere war Ersatz.

Konnte man aber eine Ersatzhandlung zwischen Gleichgeschlechtlichen der juristischen Verfolgung aussetzen und gar mit der Todesstrafe ahnden? Immerhin bestand noch die »Peinliche Gerichtsordnung«, die Karl V. für das Heilige Römische Reich Deutscher Nation erlassen hatte und die Homosexualität mit dem Feuertod bestrafte. Die europäische Aufklärung sorgte dafür, daß in vielen Ländern in diesem Punkt die Notwendigkeit einer Strafrechtsreform erkannt wurde.

Der entscheidende Anstoß dafür kam aus Italien. Dort veröffentlichte der Strafrechtler Cesare de Beccaria 1763 sein Buch »Über Verbrechen und Strafe«, das schnell zu einem internationalen Bestseller wurde. Der Erfolg des Werkes rührte von einem für die damalige Zeit neuartigen Denkansatz her. Beccaria ging nämlich davon aus, daß ein strafwürdiges Verbrechen nur dann vorliege, wenn durch die jeweilige Tat einer Einzelperson, einer Gruppe oder gar der ganzen Gesellschaft Schaden zugefügt würde, und die Höhe der Strafe müsse daran gemessen werde, wie hoch dieser Schaden sei.

Transponiert man diese Überlegungen auf die gleichgeschlechtliche Liebe, dann müßte sie eigentlich, sofern keine Gewaltanwendung vorliegt, straffrei sein. Soweit ging Beccaria zwar nicht, aber Voltaire tat es. In seinen »Briefen über die Gerechtigkeit« sagte er über die gleichgeschlechtliche Liebe: »Das ist ein niedriges und abscheuliches Laster, dessen wahre Strafe die Verachtung ist... aber die Sodomie fällt, wenn keine Gewalt vorliegt, nicht in die Zuständigkeit der Gesetze. Denn sie verletzt kein Recht eines anderen...«

Natürlich setzten sich solche Gedanken nicht mit einem Schlage durch, und des Gesetzes Mühlen mahlten damals noch langsamer als heute. Aber daß solche Überlegungen überhaupt veröffentlicht wurden und zudem noch internationale Beachtungen fanden, das war schon ein bedeutender Fortschritt, der ermöglichte, mit dem Thema freier und unbefangener umzugehen. Christoph Martin Wieland lieferte dafür ein amüsantes Beispiel.

Der »blöde Hirtenknabe«

In der 1765 veröffentlichten Verserzählung »Juno und Ganymed« erzählt Wieland die bekannte Geschichte, wie Zeus sich den schönen Hirtenjungen Ganymed von der Erde in den Himmel geholt, die hübsche Hebe von ihrem Posten als göttlicher Mundschenk dispensiert und den bezaubernden Jüngling an ihre Stelle gesetzt hat. Juno, die Gattin des Zeus, ist darüber derart empört, daß sie den Gott der Götter im Stile eines höchst irdischen Ehekrachs beschimpft:

»Seitdem auch Nymphen nichts mehr haben,
das dich versucht, und dir der Einfall kam,
mit diesem blöden Hirtenknaben
aus Phrygien den Himmel zu begaben,
scheint deine Ausgelassenheit
den höchsten Grad erreicht zu haben...
Ja, heute scheutest du dich nicht,
vor unser alle Angesicht,
ihn gar zu küssen und zu herzen.
Ihr nennt es ohne Zweifel scherzen...
Ist das auch eine Lebensart
für jenen Gott, durch den die Riesen fielen?
So alt, so einen großen Bart -
und noch mit kleinen Buben spielen !«

Der solchermaßen attackierte Himmelsfürst muß sich natürlich wehren. Der Göttliche tut das, indem er sich auf den Sterblichen namens Platon und auf eine ganze Garde irdischer Zeugen beruft. Gerade dieser scheinbare Anachronismus verstärkt die Heiterkeit der Situation, zumal bei dieser Gelegenheit Platons Idealismus ironisch hinterfragt wird:

»Ein weiser Mann, ein Grieche, lehrte mich
das wesentliche Schöne kennen;
selbst unser Nektar wird mir schon zu körperlich
und lern ich erst den Plato recht verstehen,
so nährt sich einst mein abgezogner Geist,
der Grille gleich, die drum den Göttern ähnlich heißt,
allein von Luft und von Ideen.
In diesem Licht müßt Ihr die Liebe sehen,
die mich zu Ganymeden zieht.
Sein schöner Geist, sein reizendes Gemüt,
dies, nicht sein blondes Haar, nicht seine Rosenwangen,
ist, glaube mir, wodurch er mich gefangen.
Du siehst, daß hier der Leib gar keine Rolle spielt.
Zum mindesten wird bei dieser Art von Liebe
nichts Körperliches abgezielt.
Das wahre Schöne wird nur vom Verstand gefühlt
und zeuget nie gemeine Triebe...
Doch ich besinne mich, daß dies ins Tiefe geht.
Dein Mißverstand ist sehr verzeihlich;
das sind Geheimnisse, die freilich
ein Ungeweihtes nicht versteht.
Wenn übrigens mein Spiel mit jungen Knaben
dein edles Herz geärgert sollte haben,
so wißt, daß mir hierin kein schlechtrer Mann
als Sokrates zum Vorstand dienen kann.
Ein Weiser ist, wie Seneca beteurt,
ein Gott, ja noch ein wenig mehr;
Wenn Sokrates mit kleinen Knaben leiert,
so darf ich wenigstens, was er. –
Hier endet Zeus, verneigt sich tief und geht;
das weitre kann Madame nun mit sich selber sprechen.
Sie rief ihm nach, doch schon zu spät;
er fand für gut, was man den Dichtern rät,
beim schönsten Einfall abzubrechen,
und suchte seinen Ganymed.«

Am Schluß setzt Juno dem Zeus Hörner auf, indem sie Ganymed verführt und dabei höchste körperliche Lust empfindet. Schließlich findet Ganymed es mit den Frauen auch schöner. So hat die Geschichte einen schönen heterosexuellen Schluß. Ein anderer wäre wohl damals auch kaum denkbar gewesen.
Wie sehr die Heiterkeit der Kunst und der Ernst des Lebens auseinandergingen, das zeigte ein Ereignis, das sich drei Jahre, nachdem Wielands »Juno und Ganymed« erschienen war, zutrug und das die kunstliebende Welt Europas zutiefst erschütterte.

Die Glorifizierung eines erbärmlichen Todes

Wie harmonisch liest sich die Darstellung eines schönen Todes: »So war er denn auf der höchsten Stufe des Glücks, das er sich nur wünschen konnte, der Welt verschwunden... In diesem Sinne dürfen wir ihn wohl glücklich preisen, der er vom Gipfel des menschlichen Daseins zu den Seligen emporgestiegen... Die Gebrechen des Alters, die Abnahme der Geisteskräfte hat er nicht empfunden..., er hat als Mann gelebt und ist als vollständiger Mann dahingegangen.« – Der Schilderer dieses mortalen Glücks war kein Geringerer als Goethe. Der Mann, auf den sich dieser Nachruf bezog, hieß Johann Joachim Winckelmann. Allerdings war Winckelmann schon 40 Jahre tot, als Goethe zur Feder griff.
Und so sah der Tod »auf der höchsten Stufe des Glücks, das er sich nur wünschen konnte«, tatsächlich aus: Am Vormittag des 8. Juni 1768 begibt sich Winckelmann in die Wirtsstube seines Gasthauses, der Locanda Grande in Triest. Dort halten sich einige Kellner und Zimmermädchen auf, die den Gast aus Deutschland nur flüchtig kennen. Es riecht noch nach den Zech- und Rauchgelagen der letzten Nacht. Plötzlich dringt ein Mann in den Raum ein, der sich Francesco Grande nennt, aber in Wahrheit Francesco Arcangeli heißt. Er fällt über Winckelmann her, es kommt zu einem heftigen Kampf zwischen den beiden. Schließlich gelingt es Arcangeli, Winckelmann auf einem Stuhl zu fesseln. Dort versetzt er ihm vier tiefe Stichwunden. Der Mörder sieht zu, wie sein Opfer langsam, quälend langsam verblutet und schließlich tot zusammensinkt.
Auf diese Art war Winckelmann in Wahrheit »der Welt entschwunden«. Was mochte Goethe veranlaßt haben, die Tatsachen so gewaltsam und mit solch pastoraler Elloquenz zu idealisieren?
Winckelmann war einer der bedeutendsten kulturellen Persönlichkeiten seiner Zeit, eine internationale Berühmtheit von hoher Reputation, von päpstlichen Kardinälen, die ihm die Oberaufsicht über alle Altertumskunstwerke in und um Rom anvertrauten, genauso geachtet und geschätzt wie von Königen, beispielsweise von Preußens Friedrich. Als die Nachricht von seinem gewaltsamen Tod bekannt wurde, erklärte Lessing, der gewiß nicht zur Emphase neigte, er hätte gern einige Jahre seines eigenen Lebens für das Leben Winckelmanns geopfert. Der Weimarer evangelisch-lutherische Superintendent Herder setzte dem zur römisch-katholischen Kirche kon-

Wurde jämmerlich ermordet, starb aber angeblich »auf der höchsten Stufe des Glücks« (Goethe): Johann Joachim Winckelmann. Der Stahlstich von L. Appold zeigt den Gelehrten in einem eindeutig »weiblichen« Outfit

vertierten Winckelmann ein literarisches Denkmal, und Goethe selbst gedachte des Mannes in seiner Schrift »Winckelmann und sein Jahrhundert« voller Ehrfurcht und Anerkennung. Winckelmanns »Geschichte der Kunst des Altertums« war das kunsthistorische Standardwerk der damaligen Zeit und vieler Jahrzehnte danach.

Konnte oder – besser gesagt – durfte ein Mann von solch hohem, von keinem Tadel befleckten Renommee homosexuell sein? Nein, er durfte es nicht, weil solche Neigungen mit der offiziellen Moral nicht vereinbar waren.

Noch vier Jahre vor seinem Tod, als Sechsundvierzigjähriger, schrieb Winckelmann glühende Liebesbriefe an den 20 Jahre jüngeren Livländer Friedrich Reinhold von Berg: »Alle Namen, die ich Ihnen geben könnte, sind nicht süß genug und reichen nicht an meine Liebe... Mein theuerster Freund, ich liebe Sie mehr als alle Creatur, und keine Zeit, kein Zufall, kein Alter kann diese Liebe mindern.«

Der solchermaßen umschwärmte hat sich um die Elogen des berühmten Mannes wenig gekümmert. Er hat sich sowohl in Rom wie auch in Florenz mit »verhurten Weibern« (Winckelmann) abgegeben und reiste wenig später mit durchaus heterosexuellen Phantasien im Kopf nach Paris weiter. Winckelmann schreibt: »Der Genius unserer Freundschaft wird Ihnen von ferne folgen bis Paris und Sie dort im Sitze der törichten Lüste verlassen: hier aber wird Ihr Bild mein Heiliger sein.«

Allein diese Passage beweist, daß auch die homosexuelle Liebe nicht bemerkt, wann sie die Grenzen zum Lächerlichen überschreitet. Das ist umso tragikomischer, wenn es sich wie hier um einen Mann von höchster künstlerischer Sensibilität handelte, einen Altertumsforscher, dessen feinsinnige Aufmerksamkeit sich vor allem – auch dies ein Indiz? – den Schönheiten männlicher Körper im alten Griechenland und in Rom zuwandte.

Es besteht auch nach den in neuerer Zeit veröffentlichten Gerichtsprotokollen kein Zweifel darüber, daß Winckelmann die Bekanntschaft zu seinem späteren Mörder, jenem Arcangeli, selber gesucht hatte. Ob das bis zu einer Art sexueller Belästigung geführt haben könnte, wie der Angeklagte behauptete, muß nicht nur bezweifelt werden, es ist angesichts von Winckelmanns sonstigem Verhalten geradezu ausgeschlossen.

Goethe als Schönmaler

Was aber nun waren Goethes Gründe, all diese Tatsachen, die ihm zumindest zu einem großen Teil bekannt gewesen sein mußten, so zu »verbiegen« und in Hinblick auf die »offizielle Moral« so zu schönen? Er brauchte einen »moralisch sauberen« Winckelmann vor allem aus zwei Gründen. Die auch im Nachhinein unbestrittene Autorität des Toten war gefragt, um den Weimarer Klassizismus sowohl vor den Gesinnungsfreunden wie vor den zahlreicher werdenden Kritikern erneut zu legitimieren.

Und dann kam noch ein weiterer hinzu. Der berühmte Historiker war in einem Punkt nämlich recht ahistorisch gewesen. So meisterhaft Winckelmann die Kunstwerke der Antike beschrieb, so erlag er der Versuchung, ihre Schönheit und ihre Ausgewogenheit zu einer »übergeschichtlichen« Norm, zum ästhetisch Absoluten zu erheben. Dies wurde von der neuen Kunstwissenschaft zunehmend in Frage gestellt, bildete aber andererseits das ausgemachte und deklarierte Programm der von Goethe herausgegebenen Kunstzeitschrift »Propyläen«. Diese jedoch mußte 1800 nach nur zwei Jahren ihr Erscheinen einstellen. Der tote Winckelmann sollte indirekt bezeugen, daß die Publikation mehr an Intrigen und am geistigen Embargo anderer gescheitert war als am eigenen, in Wahrheit wirklichkeitsfernen Programm. Deshalb retuschierte Goethe nicht nur das Winckelmann-Bild, er zeichnete es kurzerhand um und ließ ihn »als vollständigen Mann« sterben. Und das war er – wenigstens im offiziellen Moralverständnis – wohl beim besten Willen nicht.

Winckelmanns Mörder wurde zum Tode verurteilt und gerädert. Das Urteil erscheint hart, wenn man bedenkt, daß Triest damals zu Österreich gehörte, dessen Kaiser Ferdinand III. bereits 1656 ein Dekret verkündet hatte, daß jeder, der sich widernatürlichen Sexualverhaltens schuldig machte, dem Scheiterhaufen zu überantworten sei. In diesem Fall aber war ja der »Sünder« bereits tot.

Der große Friedrich schwärmt

Zur gleichen Zeit, als Winckelmann so grausam ermordet wurde, saß im fernen Potsdamer Sanssouci ein Monarch an seinem gar nicht allzu prächtigen Schreibtisch und schrieb sein Zweites Politisches Testament, in dem er erneut seinen Nachfolger ermahnte, gegenüber den Religionen Toleranz zu üben: Friedrich II., auch der Große genannt. Ob der preußische König Toleranz auch gegenüber sexuellen Normabweichungen walten zu lassen bereit war, ist nicht bekannt. Auch die Annahme, er sei selber homosexuell gewesen, ist dokumentarisch nicht gesichert. Es gibt mehr Mutmaßungen, die aus den gehässigen Darstellungen Voltaires ihre Nahrung beziehen, und das ist in Anbetracht des ambivalenten Verhältnisses zwischen den beiden Größen des 18. Jahrhunderts eine höchst unsichere Quelle.

Feststeht jedoch, daß Friedrich gegenüber dem prominenten Franzosen eine schwärmerische Verehrung empfand, deren Überschwenglichkeit alle zeitgenössischen Freundschaftsergüsse weit übertraf. Der fünfundzwanzigjährige Kronprinz schrieb an den zweiundvierzigjährigen Voltaire einen ersten Brief, in dem sich die Gefühle noch hinter der Verehrung versteckten: »Obwohl ich nicht das Vergnügen Ihrer persönlichen Bekanntschaft habe, sind Sie mir darum nicht weniger durch Ihre Werke bekannt. Diese sind Schatzkammern des Geistes, mit solchem Geschmack, solcher Feinheit, solcher Kunst verfaßt, daß man beim Lesen immer wieder neue Schönheiten entdeckt.« Doch bald schon bricht die Leidenschaft auf: »Ich gestehe, ich brenne, in Ihrer Person die schönste Schöpfung unseres Jahrhunderts und Frankreichs zu sehen... Lassen Sie mir wenigstens die Hoffnung, daß ich Sie eines Tages sehen werde. Ihre Briefe werden mir ein Ersatz sein. Holland, das ich nie mochte, wird für mich ein heiliges Land werden, seit Sie dort weilen. Meine vollständige Hochschätzung, die sich nur auf Ihr Verdienst gründet, wird erst mit meinem Leben enden.«

Die Wirklichkeit war später weniger emphatisch. Zwar kam Voltaire 1750 tatsächlich nach Sanssouci, vom König ungeduldig erwartet und mit höchsten Ehren begrüßt. Aber es sollten keine zwei Jahre vergehen, und die Zerwürfnisse wurden immer größer, bis schließlich Voltaire 1752 bei Nacht und Nebel das Weite suchen mußte. Friedrich schickte ihm einen zornig enttäuschten Brief hinterher, aber das war nichts gegen das, was Voltaire von sich gab, als er erst wieder zu Hause war.

Die Pagen und das Schnupftuch

Die skandalösen und entwürdigenden Indiskretionen, die sich Voltaire leistete, gingen soweit, daß er behauptete, Friedrich habe sich von Zeit zu Zeit Pagen und Kadetten zum Kaffee eingeladen, die jungen Männer gemustert und schließlich einem von ihnen sein Schnupftuch zugeworfen. Das wäre dann der Auserwählte gewesen, der mit Majestät eine Viertelstunde allein verbringen durfte. Allerdings habe sich bei diesem Tête-à-tête Friedrich wegen seiner körperlich mangelhaften Ausstattung mit der »zweiten« Rolle begnügen müssen.

Friedrich hat auf diese Voltairsche Eskapade mit Schweigen geantwortet. Es war vielleicht beredter als jede andere Reaktion: das Nichtsprechen-Können eines zutiefst enttäuschten Freundes. Doch die Sache hatte noch ein makabres Nachspiel:

Als sich Friedrichs Gesundheitszustand im Alter immer mehr verschlechterte, sah er endlich ein, daß er ohne einen guten Leibarzt nicht mehr würde auskommen können. Da er die einheimischen Doktoren durch seine launische und besserwisserische Art samt und sonders vergrault hatte, kam eigentlich nur ein »Ausländer« in Frage. Die Wahl fiel schließlich auf den Schweizer Arzt Johann Georg Zimmermann, der inzwischen in Hannoverschen Diensten stand. Typisch für Friedrich: Er traf die Entscheidung zu Gunsten Zimmermanns nicht aus medizinischen Gründen, sondern weil er dessen philosophisches Buch »Über die Einsamkeit« gelesen und gut gefunden hatte.

Zimmermann kam also nach Potsdam, weniger um zu kurieren (dazu war der Patient viel zu störrisch) als zu parlieren. König und Arzt sprachen stundenlang mit-

Es wird nicht mehr in Erfahrung zu bringen sein,
ob sie nur Freunde oder auch Geliebte waren:
Friedrich der Große und Voltaire.
Holzstich von Carl Röhling, um 1900

einander, letzterer wohl mit der Absicht, diese Gespräche später zu veröffentlichen. Und wirklich: der König war noch keine zwei Jahre tot, da erschien aus Zimmermanns Feder »Über Friedrich den Großen und meine Unterhaltungen mit ihm kurz vor seinem Tode« (1788). Die Publikation mußte Erfolg gehabt haben, denn bereits 1790 kam ein neues Buch von Zimmermann auf den Markt: »Fragmente über Friedrich den Großen«. Der Doktor, der seinem Lesepublikum immer etwas Neues bieten wollte, wartete darin mit einer sonderbaren und natürlich unbewiesenen These auf: Friedrich sei nicht homosexuell, sondern impotent gewesen. Deshalb habe er das Gerücht von seinem »Sodomitisch-Sein« selbst in die Welt gesetzt und habe keinem widersprochen, der solcherlei von ihm behauptete.

Stute oder Weib – es ist dasselbe

Ob homosexuell, impotent oder nicht, ganz außer Frage steht, daß Friedrich ein gestörtes Verhältnis zu Frauen hatte. So schrieb er an einen Freund von einer Reise nach Ostpreußen: »Wenn Sie hier wären, würde ich Ihnen unter den schönsten litauischen Mädchen und der schönsten Stute des königlichen Gestüts die Wahl geben, denn zwischen einer Tochter dieses Landes und einer Stute besteht nur der Unterschied zwischen Vieh und Vieh.«

Geradezu skandalös ging er mit seiner Ehefrau um. Gewiß, die Verbindung mit Elisabeth Christine von Braunschweig-Bevern war alles andere als eine Liebesheirat, sie war vielmehr zustande gekommen als ein Produkt einer verworren-ungeschickten dynastischen Kalkulation, mit viel Bestechungsgeldern. Das war ein Schachspiel zwischen Machtinteressen gewesen, bei dem die beiden Beteiligten in der Tat nur Figuren waren.

Aber dies rechtfertigte nicht, wie sich das Opfer Friedrich gegenüber dem Opfer Elisabeth verhielt. Schon vor der Hochzeit beschrieb der Kronprinz, wie er sich später zu benehmen gedachte: »Die Ehe macht mündig, und sobald ich es bin, bin ich Herr im Hause, und meine Frau hat nichts darin zu befehlen. Nur kein Weiberregiment in irgend etwas auf Erden! Ein Mann, der sich von Weibern regieren läßt, ist meiner Ansicht nach der größte Kujon von der Welt und verdient nicht den Ehrennamen Mann zu tragen. Drum, wenn ich heirate, heirate ich als Mann von Lebensart, d. h. ich lasse Madame ihre Wege gehen und tue meinerseits, was mir gefällt.«

Der so schrieb, sollte bald erleben, wie nicht nur ein Weib einen Mann, sondern ein Weib ein großes, multinationales Reich befehligt: die Österreicherin Maria Theresia. Was freilich die patristische Überheblichkeit des Friedrich-Textes anlangt, so hatte er für die damalgie Zeit nicht Außerordentliches. Ungewöhnlich war nur, mit welcher Radikalität Friedrich, kaum daß er 1733 geheiratet hatte und 1741 König geworden war, seinen Standpunkt durchsetzte. Er verbannte Elisabeth von seinem Hof und wies ihr Räume im Berliner Schloß und im Schlößchen Schönhausen zu. Potsdam und Sanssouci durfte sie nicht betreten. Die Beziehung reduzierte sich auf Begegnungen bei großen Hoffestlichkeiten. Sie bekam alles, was einer Königin ge-

bührte. Die ausländischen Gesandten mußten bei ihr Antrittsbesuche machen, sie empfing alle protokollarischen Ehrenerweisungen, die einer Monarchin zustanden, sie war aussreichend mit Geld versorgt. Nur eines bekam sie nicht: Liebe.
Ihre Schwester und ihre Schwägerin wurden nach Sanssouci eingeladen, Elisabeth nie. Und damit auch alle Welt wußte, daß er mit dieser Frau keine Kinder zu zeugen beabsichtigte, gab Friedrich seinem ältesten Bruder Heinrich den Thronfolger-Titel »Prinz von Preußen«.
Dieser Heinrich allerdings war nachweislich homosexuell, und er hatte eine Reihe von Favoriten, die er liebte und mit großzügigen Geschenken bedachte.

Friedrichs Verserzählung über Homosexualität

Eine homosexuelle Neigung hat Friedrich nie, nicht einmal indirekt, bekundet. Freilich gibt es da ein Gedicht aus des Königs Feder, das von gleichgeschlechtlicher Liebe handelt, die Verserzählung »Le Palladion«. Darin wird die Hauptfigur, der junge Darget, der in ein Kloster eintritt, von den Mönchen sexuell belästigt. Um ihn zu verführen, soll er von historischen »Fallbeispielen« überzeugt werden. Deshalb zählen die Lüstlinge in der Kutte auf, wer in der Weltgeschichte alles homosexuell war. Erstaunlicherweise erwähnte Friedrich in diesem Zusammenhang jene angebliche Affaire, die Jesus mit Johannes in Verbindung brachte und die Christopher Marlowe, dessen Werk der preußische König vermutlich gar nicht kannte, zur Last gelegt worden war. Überrascht liest man in Friedrichs poetischen Versuchen:

»Wenn das Profane dich nicht überzeugt,
so greifen wir dich mit der Bibel an.
Was meinst du wohl, das Johannes machte,
damit er Jesus stets zur Seite lag?
Er machte seinen Ganymed!«

Angesichts dieser pseudo-biblischen Argumente wird Darget schließlich dem stürmischen sexuellen Drängen der Mönche gegenüber weich:

»Um des lieben Friedens willen durft
ich schon nicht allzulange grausam sein.
So ward ich denn ihr zahmes Tierchen, das
nach Wohlgefallen sie bestiegen, wenn
des Fleisches Stachel wütend in sie fuhr.«

Friedrich erzählt die Geschichte mit der Distanziertheit eines Chronisten. Warum sich seine poetischen Phantasien an diesem Thema entzündeten, bleibt ein Rätsel – wie so manches im Leben dieses Mannes.

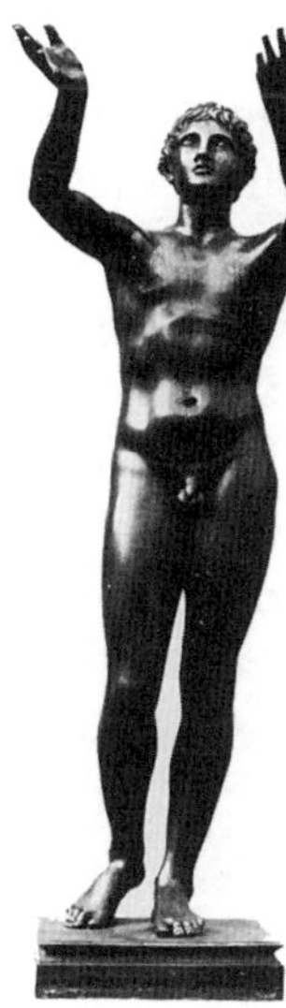

Die Französische Revolution, der Code civil und die zwiespältigen Folgen

Der Mann hinter dem Hotelfenster

Sommer 1789. In den Straßen von Paris brodelte es. Das Volk begehrte auf. Die Revolution kündigte sich mit sommerlichem Wetterleuchten an. Hinter einem Hotelzimmerfenster in der Rue de Grenelle schaute ein hochelegant gekleideter Neunundzwanzigjähriger dem erregten Treiben auf der Straße zu, voller Interesse, aber ohne die Spur von Anteilnahme. »Was gehen mich Aristokraten und Demokraten an ... Ich bin Autokrat«, wird er später sagen.

Ob er das war, sei dahingestellt. Er benahm sich jedenfalls so, und er konnte es sich leisten. Dieser Mann war der reichste aller Söhne Englands, behauptete Lord Byron, aber was Byron nicht wußte oder zumindest nicht verlauten ließ, dieser britische Aristokrat, der sich hinter den Hotelzimmerfenstern vor der Revolution verbarg, war bisexuell: William Beckford.

Beckford war wirklich wohlhabend. Mit 21 Jahren erbte er ein immenses Vermögen, sein Jahreseinkommen betrug 120 000 Pfund Sterling. Er hat nicht viel daraus gemacht, außer ein fast irrwitzig ausschweifendes Leben zu führen. Der Nachwelt hat er neben Reisebeschreibungen ein Buch hinterlassen, das er angeblich in drei Tagen nach einem orgiastischen Fest geschrieben habe: »Vathek«.

»Vathek« erschien 1786 anonym in englischer Sprache, obwohl das Original in Französisch geschrieben war. Die Urfassung wurde erst über 20 Jahre später in Paris und Lausanne publiziert. Dann folgten zeitlich dicht viele weitere Auf-

lagen. (Zur Ausgabe von 1876 schrieb Stéphan Mallarmé ein vielbeachtetes Vorwort.)
Das Buch ist offensichtlich auf ein reges Leserinteresse gestoßen, was angesichts der Handlung nicht weiter verwundert. Vathek ist ein Kalif, der sich über alle göttlichen und weltlichen Gesetze erhaben glaubt. Vom Boten der Finsternis verlangt er Einlaß in den Palast des Unterirdischen Feuers. Dieser erteilt die Genehmigung dazu nur unter einer Bedingung: Vathek muß die Kinder seiner Höflinge der Gier der Unterirdischen ausliefern. Vathek tut das, und nun beginnt seine eigene, schier endlos erscheinende Reise durch das Reich der Lüste. Sie endet schließlich im Palast von Eblis, wo er das furchtbare Los all derer teilt, die sich wie er den weltlichen Freuden verschrieben hatten.
Die Geschichte liest sich wie eine Autobiographie: Vathek und Beckford scheinen Gesinnungs- und Lustgenossen zu sein. Beckford verführt einen italienischen Adligen, unterhält aber gleichzeitig ein Verhältnis mit dessen junger Ehefrau. Er schrieb glühende Liebesbriefe an einen englischen Jüngling und ging anschließend mit einem venezianischen Musikanten ins Bett. In manchen Zeiten hatte er gleichzeitig vier männliche und vier weibliche Geliebte.
Beckford hat sich gewiß nicht darum gesorgt, daß Biographien wie die seine ins öffentliche Bewußtsein als »typisch homosexuell« eingingen. Das hat den gleichgeschlechtlich Liebenden in der publiken Meinung unendlich geschadet und half erheblich, Vorurteile zu schmieden, die auch heute noch ins Feld geführt werden. Solcherlei hat Beckford sicher nicht beabsichtigt, aber er hat es letztendlich mitbewirkt.
In seiner recht einseitig auf Genuß orientierten Lebenshaltung begriff er vermutlich auch nicht im entferntesten, daß die Menschenansammlung, die er da vor seinem Hotelfenster beobachtete, in eine Revolution mündete, die die Geschichte Europas verändern würde. In seinen in dieser Zeit geschriebenen Briefen ist nur von Essen in den Pariser Restaurants die Rede, vom Glanz der Oper, wo er in der Loge eines Prinzen hatte sitzen dürfen, von der Sinnenfreude, die die Stadt an der Seine zu durchwehen schien. Der Sturm auf die Bastille hat innerhalb seines Wahrnehmungsfeldes nicht stattgefunden.

De Sade
und die sexuelle Gewalt

Als die französischen Revolutionäre am 14. Juli des berühmten Jahres 1789 das Gefängnis der Bastille stürmten, wurden sie von einem Mann mit wilden Rufen angefeuert, der dort hinter Gittern saß. Es war Donatien Alphonse Francois Marquis de Sade. Der Aristokrat aus altem provencealischen Adel war nicht etwa ins Gefängnis geraten, weil er sich als Anti-Monarchist hervorgetan hätte, nein, es waren andere Gründe: endlose Sittenskandale, Geldgeschichten, Ausschweifungen aller Art.
Der da von der Zelle aus die Aufständischen anfeuerte, ahnte offenbar, daß jetzt

William Beckford, der mit einem Roman die gleichgeschlechtlich Liebenden ungewollt in Verruf brachte. Porträtgemälde von George Romney, 19. Jh., Ausschnitt. Upton House, Bearsted Collection

seine Zeit kommen würde. Als man im Verlauf der Revolution eine der Königstreuen, die schöne Mademoiselle de Lamballe, guillotinierte, wurde nicht nur ihr hübscher Kopf auf einem Spieß zur Schau getragen, ihr wurden auch die Schamhaare abrasiert und von den Männern zum Schnurrbart gemacht. Die Szene hätte ohne weiteres in de Sades Roman »Die 120 Tage von Sodom oder Die Schule der Ausschweifungen« stehen können, in dem er 600 sexuelle Perversionen geradezu genüßlich beschreibt.

Ob in »Justine« oder in »Die Schule der Wonne«, sexuelle Gewalt gehörte so sehr zum motivischen Repertoire de Sades, daß sein Name wortbildend für die Sache selbst wurde: Sadismus.

De Sade fand Widerspruch, solange er lebte. Nachdem de Sades »Justine« 1791 erschienen war, veröffentlichte sieben Jahre später Rétif de la Bretonne seinen »Anti-Justin«, ein Buch, von dem der Autor meinte, daß es süßer im Geschmack sei als eines von de Sade, den er kurzerhand als Schuft abkanzelte, welcher die »Liebesfreuden der Männer nie darstellt, ohne die Frauen dabei zu foltern – und mehr noch – zu töten«.

Die Zeit war offenbar so von Gewalt erfüllt, daß Rétif nicht umhin konnte, den Teufel mit dem Belzebub auszutreiben. Denn auch er schilderte grausame sexuelle Brutalitäten: Eine Frau stirbt, nachdem der Mann ihr die Brustwarzen abgebissen und Vagina und Anus derart mißhandelt hat, daß »dort, wo früher zwei Löcher waren, nur noch eines ist«. Danach schlitzt der Mann mit einem Skalpell und einer Lanzette den ganzen Körper seines Opfers auf. Der Autor, der gegen de Sade vorgehen will, übertrifft ihn um einiges.

Offenkundig handelt es sich bei de Sades und Rétifs Schriften um die Widerspiegelung einer allgemeinen sozialen Haltung, in der erlittene Gewalt nur durch brutalste Gegengewalt beantwortet werden kann. Beide Autoren und ihre der Nachwelt weniger bekannten Mitautoren transponieren dieses Phänomen ins Sexuelle, wobei sie dem revolutionären Zeitgeist insofern Tribut zollen, daß sie die Szenerien der sexuellen Gewalt in den Kreisen der Aristokratie ansiedeln. Jederman im aufständischen Paris hätte die Texte auch als Belege für die unüberbietbare Verkommenheit des Adels lesen können. Unzweifelhaft war dieser »Nebeneffekt« auch beabsichtigt.

Wie sehr dieser Anti-Aristokratismus bloße gegenwartspolitische Staffage war, geht schon aus der Tatsache hervor, daß beide Autoren das überlieferte Täter-Opfer-Schema bedenkenlos beibehielten. Die seit Jahrhunderten sozial wie sexuell unterdrückten Frauen blieben in ihren Schriften auch weiterhin die zum Objekt herabgewürdigten »Gegenstände« männlicher Lustbefriedigung.

Sowohl de Sade wie auch seine ihn gelegentlich heftig befehdenden Autoren-Kollegen konnten sich die Mühen eines kritischen Überdenkens dieser Konstellation ersparen, weil das revolutionäre Frankreich nur Konflikte zwischen den Klassen und nicht zwischen den Geschlechtern erkannte.

Die Sensation,
die nicht vom Himmel fiel

Der französische Traum, die Macht auf mehr Schultern zu verteilen als auf die des Monarchen, endete – mit einem Monarchen, mit einem selbsternannten Kaiser zudem, mit Napoleon. Im gleichen Jahr 1804, als er sich die Krone aufsetzte, erschien des Gesetzbuch, das fünfzig Jahre später seinen Namen tragen wird, das aber zunächst neutral »Code civil des Francaise« genannt wurde.

Dieser Code Civil stellte in der Homosexuellen-Frage eine radikale Wendung in der Rechtsprechung dar. Er brachte erstmals in der Geschichte der Neuzeit die absolute Straffreiheit der gleichgeschlechtlichen Liebe, solange dabei die Rechte Dritter nicht verletzt wurden.

Die Sensation kam natürlich nicht aus heiterem Himmel, sie war auf der Erde herangewachsen. Die französischen Enzyklopädisten und die Vertreter der Aufklärung wie Voltaire, Montesquieu, Mably, Morelly und Condorcet hatten diese Denkwendung durch ihre Schriften vorbereitet.

Die bayerische Kehrtwendung

Außerdem hatte sich auch in anderen europäischen Ländern die gesetzgeberische Haltung gegenüber der Homosexualität verändert. Das österreichische Gesetzbuch von 1787 stufte die Homosexualität unverständlicherweise unter die »politischen Verbrechen« ein und bestrafte sie je nach Höhe des »öffentlichen Ärgernisses« mit Gefängnis, Arbeitslager oder Prügel – aber eben nicht mehr mit dem Tod. Das »Allgemeine Landrecht für die preußischen Staaten« von 1794 sah für »Sodomiterei und andere dergleichen unnatürliche Sünden, die wegen ihrer Abscheulichkeit hier nicht genannt werden können«, Zuchthausstrafen vor. Außerdem bezog der Delinquent bei seinem Eintreffen und seiner Entlassung eine Tracht Prügel, was man – beabsichtigte Anspielung auf Goethes berühmtes Gedicht oder nicht – »Willkommen und Abschied« nannte.

Die vehementeste Kehrtwendung machte man in Bayern. Dort wechselte man 1813 von der Todesstrafe zur völligen Straffreiheit, ein Zustand, der bis zur deutschen Reichsgründung 1871 anhielt.

Dann werden die neuen Paragraphen gegen Homosexualität die Handschrift Bismarckscher Aversionen tragen. Und ausgerechnet zu dieser Zeit wird mit Ludwig II. ein Schwuler bayerischer König sein.

Dem juristischen Beispiel der »Großherzigkeit«, das Bayern gab, folgten, wenn auch mit Modifikationen, andere deutsche Staaten. In Württemberg (1839), in Braunschweig und Hannover (1840) wurde Homosexualität überhaupt nicht mehr bestraft, in Sachsen, Oldenburg und Thüringen galt als Höchststrafe ein Jahr Gefängnis. In Baden schritten die Richter nur ein, wenn die Tat öffentliches Ärgernis (was immer man darunter verstanden haben mochte) erregte oder allzu publik wurde.

Der juristische Wandel blieb nicht ohne literarische Folgen. Man wagte nun, mit dem Thema freier umzugehen, konnte man doch hoffen, sich nicht gleich einem ästhetischen Rufmord auszusetzen, wenn man über gleichgeschlechtliche Liebe schrieb.

Der alte, siebzigjährige Goethe, längst in seinem Ruhm so gefestigt, daß er nichts mehr zu fürchten hatte, veröffentlichte 1819 den Gedichtzyklus »West-östlicher Divan«. Der Dichter wendet sich hier Motiven aus der altpersischen Kultur zu, innerhalb derer die Knabenliebe legitim war. Wir begegnen dem Dichter Hatem und dem als Schankburschen figurierenden Knaben Saki. Der etwas alkoholisierte Hatem äußert sich im Gasthaus offenherzig gegenüber dem jungen Schenken Saki:

»Du kleiner Schelm du!
Daß ich mir bewußt sei
Darauf kommt es überall an.
Und so erfreu ich mich
Auch deiner Gegenwart,
Du allerliebster,
Obgleich betrunken.«

Und wenig später bekennt der Schenke Saki:

»Nennen dich den großen Dichter
Wenn dich auf dem Markte zeigest;
Gerne hör ich, wenn du singest,
Und ich horche, wenn du schweigest.

Doch ich liebe dich noch lieber,
Wenn du küssest zum Erinnern,
Denn die Worte gehn vorüber
Und der Kuß der bleibt im Innern.

Reim auf Reim will was bedeuten,
Besser ist es viel zu denken.
Singe du den andern Leuten
und verstumme mit dem Schenken.«

Und obwohl Goethe sogleich versicherte, daß es sich bei den beiden um eine rein platonische Beziehung handele, der eine edle pädagogische Absicht zu Grunde liege, mußte auf Gegenstimmen nicht lange gewartet werden. Zu ihrem Wortführer machte sich ein Schriftsteller, der auch ein Publikumsliebling war, Adalbert von

Chamisso. Dieser wetterte empört, daß es doch wohl eine Schande sei, wenn Goethe nun auch noch Gedichte über Knabenliebe schriebe.
Der große Mann von Weimar löste damit höchst indirekt einen Skandal aus, wie ihn die deutsche Literaturgeschichte nicht ein zweites Mal erlebt hat. Zur gleichen Zeit etwa wie der empörte Chamisso las in Erlangen ein dreiundzwanzigjähriger Student den »West-östlichen Divan« mit wahrer Begeisterung, entschlossen sich die Dichtung zum Vorbild zu nehmen, wenn schon nicht in der Form, so doch in ihren homerotischen Inhalten. Der Student hieß August Graf von Platen-Hallermünde.

Von Knoblauchgeruch und anderen Stänkereien

Der aristokratische Name des jungen Mannes täuscht. Er gehörte nicht zu den Wohlhabenden. Er war der Sohn eines Oberforstmeisters, von Reichtum konnte keine Rede sein, blaublütig, aber arm.
Platen wurde sich etwa 1818 seiner homosexuellen Neigungen bewußt, entschloß sich aber, unter welch seelischen Qualen auch immer, diese nur auf asexuell-platonische Weise auszuleben und dies auch in seinen Gedichten zum Ausdruck zu bringen. So schrieb er:

»Ich bin wie Leib dem Geist, wie Geist dem Leibe dir!
Ich bin wie Weib dem Mann, wie Mann dem Weibe dir!
Wen darfst du lieben sonst, da von der Lippe weg
mit ew'gen Küssen ich den Tod vertreibe dir?
Ich bin dir Rosenduft, dir Nachtigallgesang,
ich bin der Sonne Pfeil, des Mondes Scheibe dir:
Was willst du noch? was blickt die Sehnsucht noch umher?
Wirf alles, alles hin: du weißt, ich bleibe dir!

Das lag alles noch im Bereich der damals allgemein akzeptierten Norm. Goethe war in seiner Darstellung der Mephisto-Gelüste viel weiter gegangen. Aber da waren zwei andere, denen die Richtung, die Platens Dichtung zu repräsentieren schien, nicht paßte, jene sanfte, scheinbar zeitentrückte Lyrik, jene klassizistische Formbemühtheit, die nicht zur Kenntnis nehmen wollte, daß inzwischen eine Revolution und eine entsetzliche Restauration stattgefunden hatten. Die beiden waren Heinrich Heine und Karl Immermann.
Heine und Immermann schossen zunächst mit leichten Kalibern, wie sie seit dem Xenienstreit zwischen Goethe und Schiller durchaus üblich waren. Doch Platen fühlte sich übermäßig provoziert. 1829 veröffentlichte er seinen »Romantischen Ödipus«, die Schlammschlacht begann. Platen machte Immermann zu Nimmermann und brachte folgenden Dialog zu Papier:

»Nimmermann: Welch einen Anlauf nimmst du, Synagogenstolz!
Publikum: Gewiß es ist dein Busenfreund, des sterblichen Geschlechts der Menschen Allerunverschämtester.
Nimmermann: Sein Freund, ich bins; doch möcht ich nicht sein Liebchen sein, denn seine Küsse sondern ab Knoblauchgeruch.
Publikum: Drum führt er sein Riechfläschchen beständig mit.
Nimmermann: Mein Heine! Sind wir nicht ein paar Genies? Wer wagt zu stören, Süßer, uns den süßen Traum?«

Mit dem »Synagogenstolz«, dem nach Knoblauch stinkenden Busenfreund, war natürlich der soeben zum Christentum konvertierte Heine gemeint. Das war eine Attacke, die über das Übliche weit hinausging, weil sie nämlich nicht mehr das literarische Werk, sondern die Person zum Ziel hatte.

Die Selbstzerfleischung zweier Talente

Während Immermann sich bemühte, den Streit aufs Literarische zurückzuführen, zahlte Heine Gleiches mit Gleichem heim. Und er sah Gespenster: Er glaubte hinter Platens Angriffen eine Attacke bayerischer Kleriker sehen zu müssen, die seine Berufung an die Münchener Universität verhindert hatten. Dabei hätte er es besser wissen müssen (und er wußte es auch): Platen war viel zu einflußlos, als daß er vor solch einer hochgestellten Kulisse hätte agieren können. Aber Heine war nicht zu halten: »Warmer Bruder« nennt er seinen Kontrahenten, seine Lyrik »Sitzfleisch, auch im Betreff des Inhalts« und orakelt eine Widmung herbei, die da lautet: »Geschenk warmer brüderlicher Freundschaft«. Selbst vor der Mittellosigkeit des armen Grafen machte er nicht halt: »Der Graf… beschloß, von der Schriftstellerei, von gelegentlichen Gaben von oben und einigen sonstigen Verdiensten zu leben. Die Grafschaft des Grafen liegt nämlich im Monde…«
So zerfleischten sich zwei bedeutende Talente der deutschen Literatur gegenseitig. Es fragt sich nur, warum sie das taten. Offenbar, weil beide das Bewußtsein plagte, daß sie trotz aller Bemühungen, gesellschaftlich nicht »aus dem Glied zu treten«, wohl doch nicht der sozialen »Norm« entsprachen.
Der Christ Heine war, obwohl er sich im neu angenommenen Glauben redlich mühte, eben doch ein Knoblauch kauender, wenn auch konvertierter Jude. Platen dagegen war einer, der, trotz seiner Beteuerungen, daß es ihm nur um das Idealische der Männerliebe ging, wohl doch gerne seine Homosexualität ganz real ausgelebt hätte.
Der Jude Heine und der Homosexuelle Graf von Platen waren beide, wie Hans Mayer treffend und schlüssig nachweist, Außenseiter. Ihre Tragödie bestand darin, daß sie sich weder menschlich noch literarisch zu solidarisieren vermochten, sondern stattdessen mit der »Kampftechnik« unmündiger Kinder agierten, nach dem Schema: »Du bist doof!« und »Du bist schmutzig!«

Der Dichter August Graf von Platen erfuhr, was viele seinesgleichen vor und nach ihm erfahren hatten: Schwulsein schafft Feinde. Stahlstich von Kracker, um 1830

Natürlich beweist der Streit auch, daß Homosexualität trotz der veränderten Gesetzeslage noch immer ein Sache war, mit der man den Gegner, ob mit oder ohne Beweis, tödlich treffen konnte. Im Falle Platens fehlt jeder Beleg einer praktizierten Homosexualität. Er starb neununddreißigjährig im freiwillig gewählten italienischen Exil, arm, als läge seine Grafschaft wirklich im Monde.

Der Streit blieb ohne Folgen. Doch zwei Zeilen in dem zitierten Platen-Gedicht blieben es nicht:

»Ich bin wie Leib dem Geist, wie Geist dem Leibe dir!
Ich bin wie Weib dem Mann, wie Mann dem Weibe dir!« –
(Hervorhebung G. F.)

Hier wird eine Geschlechterambivalenz angedeutet, von der bisher nichts zu hören war. Wenn ein Weib wie Mann und ein Mann wie Weib sein kann, was ist er beziehungsweise sie dann? Ein Mannweib oder ein Weibmann? Oder keines von beidem, sondern ein völlig neuartiges Wesen?

Die Geburt des »Dritten Geschlechts«

Die kirchliche These von der »Sünde wider die Natur« konnte von der Aufklärung und ihren philosophischen Nachfahren nicht akzeptiert werden. Vielmehr ging man davon aus, daß in der Natur Gesetze walten, denen alle Lebewesen unterliegen. Der Mensch hebt sich unter der Vielfalt der Daseinsformen dadurch hervor, daß er diese Gesetze Schritt für Schritt zu erkennen in der Lage ist, während Pflanzen und Tiere ihnen unreflektiert ausgesetzt sind. In diesem Sinne kann die Natur nicht mit moralischen Begriffen wie »Sünde« in Zusammenhang gebracht werden. Sehr wohl aber zeitigt die Natur – das hatten Beobachtungen sowohl in der Pflanzen- wie in der Tierwelt bewiesen – Abirrungen, Abweichungen vom natürlichen Regelfall.

Als einen solchen natürlichen Regelfall wurde die Anziehung betrachtet, die die Frau auf den Mann und der Mann auf die Frau ausübt. Die Natur hat dieses wechselseitige Reizsystem etabliert, um Antriebe für die Erhaltung der Art zu schaffen. Richtet sich dieses Reizsystem auf Angehörige des gleichen Geschlechts, dann liegt ein Defekt, eine Art genetischer Desorientierung der Natur vor. Sobald Homosexualität nicht mehr als Sünde betrachtet wird, dann darf sie auch nicht bestraft werden. Ist sie stattdessen ein Defekt der Natur, dann ist sie – eine Krankheit.

Diese Idee hat die Medizin ein ganzes Jahrhundert lang beschäftigt. Die Ärzte begannen mit wahrem Feuereifer die Körper der Homosexuellen zu untersuchen. Ihre Ergebnisse sind an Kuriosität kaum zu überbieten. Da werden bei lesbischen Frauen Rückenkrümmungen und extreme Klitoris-Vergrößerungen festgestellt, bei homosexuellen Männern wurden besonders dünne Penisse, Fahlheit der Haut, weibliche Hüft- und Beckenformen beobachtet.

Wenn Homosexualität eine Krankheit war, schlußfolgerten die Mediziner, dann mußte man sie auch heilen können. Ihre Therapievorschläge waren genauso lächerlich wie ihre Diagnosen und Anamnesen.

In der ersten Hälfte des 19. Jahrhunderts wurden diese Fragen von der Medizin noch peripher behandelt. Aber spätestens mit dem Erscheinen Sigmund Freuds wurde es ernst um diese Dinge.

Aber schon damals fand die Krankheitstheorie Kritiker. Sie meinten, daß man dem Phänomen so nicht würde beikommen können, und sie suchten nach einer Klärung, die sich zwar in das naturphilosophische System einfügte, aber dennoch nicht die Erscheinung als Irritation der Natur abtat. In diesem Zusammenhang entstand eine Theorie, die in den nachfolgenden Jahrzehnten noch eine ganze Reihe von Modifikationen erfahren sollte, die aber in ihrem substantiellen Kern unverändert blieb: die Theorie vom Dritten Geschlecht. Ein engagierter, homosexueller Schweizer Kaufmann namens Hoeßli kam auf sie, nachdem er von einem Kriminalfall tief berührt worden war.

Ein Rechtsanwalt ermordet den Geliebten

Im ersten Dezenium des 19. Jahrhunderts fand in Bern unter strengem Ausschluß der Öffentlichkeit ein Prozeß statt. Auf der Anklagebank saß der Rechtsanwalt Desgouttes. Ihm wurde vorgeworfen, sich in einen jungen Mann verliebt zu haben. Um ihn ständig um sich zu haben, stellte er ihn in seiner Kanzlei als Schreiber an und gab ihm Quartier in seinem Haus. Der Jüngling ging zwar auf die vorteilhaften Angebote ein, zeigte sich aber gegenüber den sexuellen Annäherungsversuchen des Rechtsanwalts abweisend. Der Geliebte drohte seinem Chef und Obdachgeber, er werde ihn verlassen, wenn er weiter auf eine körperlichen Bindung bestehe. In seiner Verzweiflung verlor Desgouttes jede Kontrolle über sich selbst. In Panik und Affekt brachte er den jungen Mann um. Darauf hätte nach Schweizer Recht die Todesstrafe gestanden.

Als der Modewarenhändler Heinrich Hoeßli von diesem Fall hörte, war er aufs höchste empört und zeigte sich entschlossen, die Sache an die Öffentlichkeit zu bringen. Da er seine eigenen schriftstellerischen und journalistischen Fähigkeiten nicht

sonderlich hoch einschätzte, suchte er sich einen Verbündeten. Er fand ihn in Heinrich Zschoke, einem Deutschen, der in der Schweiz als liberaler, nonkonformistischer Autor literarische Karriere gemacht hatte.

Warum wohl liebte es Herzog August von Sachsen-Gotha, wenn er seinem Maler Modell saß, sich als Griechin zu verkleiden und sich auch noch stilvoll ein Hündchen in den Schoß legen zu lassen? Zeichnung nach einem verschollenen Gemälde. Aus: Die Gartenlaube, 1857

An diesen Zschoke wandte sich nun Hoeßli, übergab ihm das Material und schlug ihm vor, dieses in geeigneter Form zu veröffentlichen. Zschoke sagte zu, fand aber dann wohl, daß eine direkte Dokumentation zu gewagt sei. Deshalb entschloß er sich, bei Übernahme der wichtigsten Fakten des Desgouttes-Falles die Affaire in eine Art Novelle zu fassen. Sie erschien 1821 unter dem Titel »Eros«.

Die Erzählung folgt dem äußeren Handlungsablauf der Ereignisse, aber sie legt diese aus der Perspektive des Richters dar. Das ist ein Mann, dem bei dem Fall und der notwendigen Verurteilung Skrupel plagen. Er sagt über den Angeklagten: »In Griechenland wäre er vielleicht der großen Künstler, der Weisen oder der Vaterlandshelden einer geworden durch die Freundschaft der Seelen; bei uns ward er dadurch zum Mörder... Sein ganzes Leben war voller Widerspruch und Verirrung; sein Allesopfern für den Geliebten; sein ewiges Bemühen, diesen zum vollkommensten, tugendhaftesten und edelsten Mann zu bilden; sein Kampf mit sich und seiner Leidenschaft, die ihn irre an sich selbst machte; seine Anstrengungen, Zerstreuung zu finden; sein geflissentliches Streben, sich selbst mit geistigen Getränken zu betäuben; seine wiederholten Entschlüsse zum Selbstmord; endlich die Mordung des Freundes – alles erklärt sich aus seiner nicht anerkannten Seelenberechtigung.«

Was Zschoke da seine Hauptfigur sagen läßt, verrät schon viel von jener psychologischen Herangehensweise, die erst viel später als wissenschaftliche Methode anerkannt werden sollte. Die Zeit war für eine solche Argumentation einfach noch nicht reif. Das wußte der mitten im Leben stehende Autor natürlich auch. Deshalb schließt er am Ende doch einen Kompromiß. Die Freunde, denen der Richter sein privates Plädoyer vorträgt, ermahnen ihn, solche Gedanken nicht zur Grundlage seines juristischen Urteils zu machen, und auch dem Autor kommen am Schluß Zweifel, ob diesen Überlegungen vielleicht doch ein Irrtum zu Grunde liegen könnte.

Und gerade dieses, das homoerotische Anliegen zurücknehmende Ende verärgerte Hoeßli, den eigentlichen Inspirator der Geschichte, sehr. Nun entschloß er sich doch, selber zur Feder zu greifen. In seiner Schrift setzte er sich mit der aufklärerischen Naturphilosophie auseinander und kam ihr in einem wichtigen Punkt entgegen: Ja, sagte er, der Homosexuelle ist tatsächlich ein androgynes Wesen. Aber ist er deshalb, fragt er sich und seine Leser, auch eine Abirrung der Natur, der Träger einer »Krankheit«? Könnte es nicht sein, daß hier neben Mann und Weib die Natur eine eigene Spezies geschaffen hat, ein »Drittes Geschlecht«?

Nun ist das berühmte Wort wieder einmal gefallen, obwohl es schon vergessen schien. Denn viele Jahrhunderte zuvor, in Platons »Gastmahl«, hatte Aristophanes gesagt: »Am Anfang gab es unter den Menschen drei Geschlechter, nicht wie jetzt nur zwei, sondern noch ein drittes Geschlecht, welches das gemeinschaftliche war von diesen beiden: das androgyne nämlich, dessen Gestalt und Name sich aus jenen beiden zusammensetzt, dem männlichen und dem weiblichen: jetzt aber ist dieser Name nur noch als Beschimpfung vorhanden.« – Das Phänomen wird die Sozialwissenschaft und die Sexologie noch lange beschäftigen.

Verbannt und arm:
Karl Heinrich Ulrichs

Dem Begriff des »Dritten Geschlechts« wohnte etwas Emanzipatorisches inne. Eine Gruppe von Menschen mit einer von der Mehrheit abweichenden sexuellen Ausrichtung begriff sich nicht länger mehr als »abartig«, als »von der Natur verunstaltet«, sondern als eine von dieser Natur hervorgebrachte Spezies mit eigenem Lebens- und Sexualansprüchen. Das »Dritte Geschlecht« war nicht, wie Aristophanes gemeint hatte, in den grauen Vorzeiten der Menschheit untergegangen, es bestand fort inmitten aller Wechselfälle der Geschichte, und es existierte auch im 19. Jahrhundert, wozu

sonst hätte es so vieler sozialer Unterdrückungsmechanismen bedurft.
Dies zu erkennen, war selbst für die Betroffenen nicht leicht. Für die begründeten staatsbürgerlichen Rechte dieser Minderheit einzutreten, fehlte fast allen der Mut. Selbst Männer, die sonst die bürgerliche Gesellschaft in ihren Fundamenten heftig kritisierten, standen in dieser Frage auf der konservativen Seite. So schrieb Engels 1869 an Marx: »Das ist ja ein ganz kurioser ›Urning‹, den Du mir da geschickt hast. Das sind ja äußerst widernatürliche Enthüllungen. Die Päderasten fangen sich an zu zählen und finden, daß sie eine Macht im Staate bilden. Nur die Organisation fehlte, aber hiernach scheint sie bereits im Geheimen zu bestehen... Es ist nur ein Glück, daß wir persönlich zu alt sind, daß wir noch beim Sieg dieser Partei fürchten müßten, den Siegern körperlich Tribut zollen zu müssen... Aber warte erst, bis das neue norddeutsche Strafrecht die droits du cul [Rechte des Arsches] anerkannt hat, da wird es ganz anders kommen.«

Chancenloser Vorkämpfer für die Gleichberechtigung homosexueller Frauen und Männer: Karl Heinrich Ulrichs. Aus: Jahrbuch für sexuelle Zwischenstufen, 1899

Worüber sich Engels in durchaus kleinbürgerlicher Manier hier mokierte, war die Schrift eines Mannes, der als erster, da selbst betroffen, den Mut besaß, für die Rechte der Homosexuellen öffentlich einzutreten: der deutsche Jurist und Privatgelehrte Karl Heinrich Ulrichs. Er hatte in seiner Schrift »Vindex. Social-juristische Studien über mannmännliche Geschlechtsliebe« (1864) jenen von Engels erwähnten Begriff des »Urnings« geprägt. Er verstand darunter den gleichgeschlechtlich liebenden Mann, während er die lesbischen Frauen »Urninden« und die heterosexuelle Mehrheit »Dioninge« nannte. Diese der griechischen Mythologie entlehnten Bezeichnungen haben sich wegen ihrer begrifflichen wie phonetischen Umständlichkeit in der weiteren Entwicklung nicht durchgesetzt.
Davon unbenommen schlägt Ulrichs in seinem Text Töne an, wie sie aus der Feder eines Homosexuellen vorher nicht zu hören waren: »Nach unserer eigenen Natur verlangen wir nun aber auch beurteilt zu werden... Laut protestieren wir gegen den Mißbrauch, den bisher die Dionings-Majorität... gegen uns betrieben hat. Das Liebesglück vieler unter uns hat sie vergiftet durch namenlose Mißhandlung und Verfolgung und durch Beschimpfung unserer Ehre.«
Ulrichs war auch der erste, der Schätzungen über die Zahl der in Deutschland lebenden Homosexuellen anstellte. Er kam auf 30 000 bis 35 000, eine Ziffer, die von

der Wirklichkeit vermutlich beträchtlich überboten wurde. Aber selbst wenn sie zutraf, war, so schlußfolgerte Ulrichs, die Gemeinschaft groß genug, um eine wirkungsvoll operierende Organisation zu bilden. Dieser Plan scheiterte jedoch, übrigens nicht nur an den staatlichen Restriktionen und der in Vorurteilen befangenen öffentlichen Meinung, er scheiterte an den Homosexuellen selbst, deren soziale Isolation ihnen jedes Selbstbewußtsein genommen hatte.

Juristen mit Schamröte

So blieb Ulrichs ein Einzelkämpfer, eine Rolle, die er mit Tapferkeit ertrug. Charakteristisch für seine Furchtlosigkeit war sein Auftreten vor dem Deutschen Juristentag 1867 in München. Vor diesem fünfhundertköpfigen Plenum höchst reformunwilliger Richter, Staats- und Rechtsanwälte versuchte Ulrichs einen von ihm eingebrachten Antrag zum Sexualstrafrecht, die Homosexualität betreffend, zu begründen. Bereits nach wenigen Sätzen brach im Auditorium ein Protesttumult aus. Selbst der Gedanke, die Rede in lateinischer Sprache, die übrigens Ulrichs blendend beherrschte, wurde verworfen. Der Antrag selber verschwand spurlos aus den Kongreßpapieren. Dazu der Vorsitzende der Antrags-Deputation: »Der Antrag ist, wenn man will, unterdrückt, ja! Wir haben ihn beseitigen zu sollen geglaubt: einmal weil er mit den bestehenden Gesetzen in Widerspruch steht. Und dann, weil er die Schamhaftigkeit verletzt. Er würde, wenn nur verlesen, die Indignation der Versammlung erregt haben! Die Schamröte würde uns ins Gesicht gestiegen sein! Und da wir ja lateinisch reden sollen, so will ich denn sagen, daß er sexueller Natur ist.«

Ulrichs war von dieser massiven Abfuhr seiner juristischen Kollegen schwer getroffen. Der Gedanke einer Reform des Sexualstrafrechts und der Gründung einer Homosexuellenorganisation schien ihm in weite Ferne gerückt. Ulrichs verließ Deutschland und ließ sich in Aquila, einem kleinen Ort in den italienischen Abruzzen, nieder. Dort starb er 1895. Auf seinem Grabstein steht: »Exul et pauper« – »Verbannt und arm«.

Zwei Komponisten, ein König und eine seltsam faszinierende Frau

Die Liebe zum Neffen

Oft wird die düstere Vermutung geäußert, daß Homosexualität nur in »gehobeneren Kreisen« vorkomme, daß Künstler und andere Prominente ihr viel häufiger und viel leichter erliegen als einfache Leute. Diese These wird durch nichts, aber auch gar nichts gestützt. Der simple Tatbestand ist der, daß wir von diesen »einfachen«, namenlosen Homosexuellen nichts wissen, weil kein Biograph, kein Historiker, kein Chronist ihr Schicksal für wichtig genug befand, es der Nachwelt zu dokumentieren.

Die Lebensmuster der »homosexuellen Prominenz« allerdings weisen große Ähnlichkeiten auf. Sie bewegen sich im engen Spielraum zweier Alternativen, und zwar zwischen (oft krampfhafter) Anpassung und nonkonformistischer Rebellion, dem Bemühen, mit betonter Unauffälligkeit im Strom mitzuschwimmen oder gegen seinen Sog anzukämpfen. Beide Möglichkeiten verhindern in der Regel das tragische Ende nicht, im Gegenteil, sie provozieren es, weil die einen ihre Lebenslüge nicht durchhalten und die anderen nicht ihr Aufbäumen.

Peter Iljitsch Tschaikowskis Homosexualität ist heute unbestritten, obwohl schon sein eigener Bruder Modest, selbst homosexuell, alle Briefstellen, die nur annähernd auf diese Neigung schließen lassen konnten, sorgfältig aus der von ihm besorgten Edition der Komponisten-Korrespondenz getilgt hat, und die spätere sowjetische Ausgabe der Briefe folgte dieser Praxis.

Die heutige Tschaikowski-Forschung geht davon aus, daß der damals zweiundzwanzigjährige Wladimir Lwowitsch Dawidow der Geliebte des dreiundfünfzigjährigen Komponisten war. Schon das Bekanntwerden dieses Faktums wäre damals ein Skandal gewesen, erst recht im Zusammenhang mit der Tatsache, daß Dawidow Tschaikowskis Neffe war.

Nimmt es wunder, daß angesichts solcher Umstände dem Komponisten an nichts mehr gelegen war, als nicht aufzufallen? Dieses sich Verstecken hinter dem Konformen hatte zunächst eine politische Dimension. Tschaikowski war strenger Loyalist, seine zarentreue Ouverture »1812« ist lautstarker Beleg dafür; er gab sich als Antisemit, verehrte Tolstoi, um jedoch sogleich zu versichern, daß er dessen sozialreformerisches Programm für unakzeptabel halte. Der russischen Schriftstelleropposition seiner Zeit hielt er sich fern und floh vor ihr in seine Musik.

Das sexuelle Versteckspiel eines homosexuellen Genies: Peter Tschaikowski. Gemälde von N. D. Kusnezow

Die unmögliche Heirat

Dem politischen Konformismus steht der soziale zur Seite. Zur Moralnorm der Zeit gehörte, verheiratet zu sein. Das wußte der junge Professor für Komposition am Moskauer Konservatorium. Unter seinen Studentinnen befand sich eine sehr hübsche junge Frau, Antonina Miljukowa, die sich Tschaikowski förmlich aufdrängte. Der Professor gab der Werbung schließlich nach und heiratete sie, um sogleich unglücklich zu werden.

Und nun geschah etwas, was Tschaikowskis geradezu pathologisches Bedürfnis, nicht aufzufallen, besonders augenfällig macht. Er wollte den Skandal eines Selbstmordes vermeiden, aber andererseits dem Tode soviel Chance geben, daß ihm ein »natürliches« Ende bescheinigt werden konnte. (Der Vorgang wird sich 16 Jahre später unter anderen Umständen wiederholen.) Im Oktober 1877, kurz nach seiner aussichts- und sinnlosen Eheschließung, stieg Tschaikowski ins eiskalte Wasser der Moskwa, in der Hoffnung, sich dort eine tödliche Lungenentzündung zu holen. Triefnaß und völlig verwirrt kehrte er nach Hause zurück. Doch der Tod wollte nicht kommen. Statt seiner erschien ein guter Engel auf dem Plan, der alles Üble von ihm wegzunehmen schien: Nadjeshda von Meck, die reiche Witwe eines Eisenbahnbesitzers, eine faszinierende Frau, Mutter von elf Kindern, männlich-energisch, aber

Nadjeshda von Meck, die mit zwei bedeutenden Homosexuellen ihrer Zeit korrespondierte, mit Tschaikowski und mit Bayerns König Ludwig II.

dennoch von jener Sensibilität, die der homoerotische Künstler brauchte.
Die Mäzenatin Nadjeshda griff tief in ihren Geldbeutel. Sie befriedigte die beträchtlichen finanziellen Forderungen von Ehefrau Antonina, die diese zur Vorbedingung für eine Trennung gemacht hatte; sie zahlte an Tschaikowski, damit er die für einen Homosexuellen ohnehin heikle Stellung als besoldeter Konservatoriumsprofessor aufgeben konnte; sie setzte für ihn eine beträchtliche Jahresrente aus, die ihm das Reisen als freier Komponist und Musiker durch Europa ermöglichte.
Zwischen den beiden gingen Hunderte langer Briefe hin und her, sie offenbarten einander jede Regung ihrer Seelen. Dennoch hat Tschaikowski die maskuline Komponente in Nadjeshdas Wesen, die vielleicht ein Grund ihres gegenseitigen Verstehens gewesen war, nie recht wahrgenommen. Sie sind sich nie begegnet, haben sich nie in die Augen gesehen. Als dann buchstäblich über Nacht Nadjeshda alle Zahlungen an ihn einstellte und dafür die ebenso lapidare wie unsinnige Begründung gab, daß sie selber unerwartet verarmt sei, erschrak er zu Tode.
Die Erklärung stimmte natürlich nicht. In Wahrheit war sie zu der Überzeugung gelangt, daß Tschaikowski inzwischen so berühmt und anerkannt sei, daß er auch finanziell auf eigenen Füßen stehen könne.

Todesspiel mit der Cholera

Unterdessen zog ein Gewitter über Tschaikowskis Schicksal auf, gegen das die Katastrophe mit Antonina nur ein milder Regen gewesen war: die Affaire mit Dawidow. In ihr lag viel mehr sozialer Sprengstoff als in der Heirat mit der nymphomanen Schönen, die inzwischen geisteskrank geworden war.
In seiner Verzweiflung griff Tschaikowski zu einem ganz ähnlichen Mittel wie damals, als er sich vom eiskalten Wasser der Moskwa durchnässen ließ. Während der Petersburger Uraufführung der 6. Sinfonie wurde die Stadt an der Newa von einer schweren Cholera-Epidemie heimgesucht. In dieser Situation trank Tschaikowski ein Glas ungekochtes Wasser, in dem sich, wie jeder wissen mußte, unzählige Bak-

terien tummelten: erneute Provokation des Endes eines unerträglich gewordenen Doppellebens.
Doch diesmal ließ sich der Tod nicht mehr narren. Am Montag, den 6. November 1893, starb Peter Iljitsch Tschaikowski. Sein Geliebter und Alleinerbe, jener Wladimir Lwowitsch Dawidow, jagte sich 13 Jahre später, weil auch er immer mehr mit der offiziellen Moral in Konflikt kam, eine Kugel in den Kopf.
Als Nadjeshda von Meck mit Tschaikowski korrespondierte, stand sie noch mit einem anderen bedeutenden, von der eigenen Labilität und den Krisen der Zeit gebeutelten Homosexuellen im Briefwechsel. Während Tschaikowskis Abbild im Kleinformat ihr Toilettentischchen zierte, hing das Konterfei jenes anderen, in einen weißen Lohengrin-Mantel gehüllt, als großes Ölbild über ihrem Schreibtisch: Luwig II. von Bayern. Und wieder spielte ein Komponist von hohem Rang eine Rolle: Richard Wagner, zu dessen ersten Bayreuther Festspielen 1876 die reiche russische Witwe eigens nach Franken gefahren war. Aber da hatte sich die schwärmerische Verehrung Ludwigs II. für den Komponisten längst abgekühlt.

Der König und sein Stallmeister

Ende des Jahres 1865 kam es zum Bruch zwischen dem bayerischen König und Richard Wagner. Der Monarch hatte den Komponisten einst schwärmerisch verehrt. Das nachträglich erbaute Schloß Neuschwanstein (1870) ist die umstrittene, Stein gewordene Huldigung an den Schöpfer des »Lohengrin«. Nun aber war dank raffiniert geführter Kabalen am Hofe die Stimmung umgeschlagen, der Meister hatte auf Befehl des Königs Bayern zu verlassen.
Das weitere Schicksal Ludwigs ist oft beschrieben worden. Man weiß von seinen exzessiven Bauvorhaben, von seiner geradezu manischen Scheu vor dem offiziellen höfischen Leben, von seiner Verschwendungssucht und schließlich von jenem »Ärztlichen Gutachten über den Geisteszustand Seiner Majestät des Königs Ludwig II. von Bayern«, das wenige Tage nach seiner Veröffentlichung zur Verhaftung des Königs und indirekt zu seinem mysteriösen Ende im Starnberger See führte.
Die Gutachter erklärten Ludwig schlichtweg für wahnsinnig, ohne ihn überhaupt untersucht zu haben. Sie leiteten ihre These aus mancherlei mehr oder weniger überzeugenden Indizien her und beklagten vor allem, daß der König mit seinen Stalleuten in irgendeiner Berghütte auf Fellen ruhte und mit ihnen Sorbet trank und türkische Pfeife rauchte. »Man zechte aus großen Trinkbechern Met. Notorisch dagegen ist, daß Seine Majestät seit einer längeren Reihe von Jahren persönlich nicht mehr mit den Inhabern der Macht, mit dem königlichen Staatsministerium verkehren…«
Die Diagnose lautete: Der Herrscher ist geisteskrank. Das schien den Zeitgenossen durchaus glaubhaft, wenn sie da hörten, der König hielte sich gelegentlich für die Helden aus Wagners Opern, liefe in Kleidern seiner königlichen Namensvettern aus Frankreich herum und wisse eigentlich gar nicht, in welchem Jahrhundert er lebe.
1986 erschien anläßlich seines 100. Todestages erstmals das komplette »Geheime

Bildnis des unschönen Scheins: Ludwig II.
mit seiner Braut, Prinzessin Sophie von Bayern.
Foto, 1867

Tagebuch« Ludwigs II. Von da ab stellen sich die Dinge in einem anderen Licht dar. In dem Diarium geht es weder um Politik noch um Philosophie, sondern ausschließlich um die persönliche, vor allem sexuelle Befindlichkeit des Monarchen. Die ständigen Entsagungsschwüre sprechen eine recht unzweideutige Sprache: »Der König befiehlt bei Strafe, den König niemals zu berühren, und verbietet der Natur, sich nicht allzu häufig zu regen.« – »Das ganze Jahr nicht mehr küssen!« – »Im Namen des Königs Ludwig XIV. und des Königs Ludwig XV. ist befohlen, daß man sich in der Nacht vom 14. zum 15. Oktober 1872 zum letzten Mal berührte.« – »Ich schwöre heute, am 21. Januar, im schrecklichen Andenken an den Jahrestag der Ermordung des Königs von Frankreich und Navarra mit Namen Ludwig XVI., daß gestern, die letzte Nacht, für immer das letzte Mal war, bei Strafe, als König abzudanken.« – »Das Andenken der großen Königin sei gebenedeit und verehrt für immer und gebe mir Kraft, das Übel für immer zu besiegen.«
Welches Übel? Keiner sprach es aus, nicht einmal in seinem »Geheimen Tagebuch« der König selbst. Aber in seinem Umkreis waren die homosexuellen Neigungen Ludwigs ein offenes Geheimnis. Und Belege gab es dafür mehr als für die Wahnsinnsthese der medizinischen Gutachter.
Er war noch keine 16 Jahre alt, da kam Ludwig überwältigt von einer Aufführung des »Lohengrin« aus der Münchener Oper. Er schenkte dem Tenor Albert Neumann ein Paar goldener Manschettenknöpfe, mit Schwänen verziert. War deren Umschlingung noch ein Angebot oder schon Dank für Gewährtes?
Kurz nach Ludwigs 18. Geburtstag trat der junge Fürst Paul von Thurn und Taxis als Flügeladjutant ins Königshaus ein. Das war im August 1863. Schon im Herbst verbrachten Paul und Ludwig drei Wochen in den Bergen von Berchtesgaden – ohne jede Begleitung, was dem höfischen Protokoll absolut widersprach. Danach kam es zu einem leidenschaftlichen Briefwechsel, in dem offenbar ein solches Feuer gebrannt haben muß, daß die Familie von Thurn und Taxis Ludwigs Bekundungen später vernichtete.
Eine wirkliche, intensive homosexuelle Beziehung ist jedoch erst vier Jahre später nachweisbar. Am 6. Mai 1867, Wagner war noch keine zwei Jahre aus Bayern verbannt, wollte Ludwig abends von seinem Schloß am Starnberger See hinüber nach Possenhofen reiten, um dort seine Verlobte Sophie von Bayern zu besuchen. An der Freitreppe wurde ihm sein Pferd von einem Unbekannten vorgeführt, der den abwesenden Stallmeister vertrat. Der Fremde half Ludwig beim Aufsitzen, dann sprang er selber aufs Pferd. Die beiden verschwanden im Wald – und kamen an diesem Abend nicht mehr bei Sophie an.
Der Unbekannte war Richard Hornig, ein großer blonder junger Mann, vier Jahre älter als der Kölnig, in Mecklenburg geboren. Ludwigs Herz stand in Flammen. Er machte Richard umgehend zum Stallmeister und nahm ihn sogleich mit auf Reisen – übrigens nach Thüringen auf die Wartburg, wo der andere Richard seinen »Tannhäuser« hatte spielen lassen. Schon im Sommer besuchten die zwei die Weltaus-

stellung in Paris. Nach Bayern zurückgekehrt, löste Ludwig seine Verlobung mit Sophie und gab alle weiteren Heiratspläne auf. Hornig avancierte zum Privatsekretär und wurde zum engsten Berater des Königs. Zehn Jahre lang beherrschte der Freund Sinne und Herz des Monarchen. Davon kündet sein »Geheimes Tagebuch«: »Vierzehn Tage vor dem 6. Mai, jenem für mein ganzes Leben bedeutsamen Tag.« – »Gerade zwei Monate, bevor es fünf Jahre sind, daß wir uns an jenem seligen 6ten Maitag 1867 kennen lernten, um uns nie mehr zu trennen und nie von einander zu lasssen bis zum Tode. Geschrieben in der Indischen Hütte.«

Doch so lange reichte die Liaison nicht. 1885, ein Jahr vor des Königs geheimnisvollem Tod und 18 Jahre nach dem zufälligen Kennenlernen, wurde Hornig seiner Posten enthoben, weil er statt einer Marmorbüste, wie ihm anbefohlen war, eine aus Gips gekauft hatte. Der wahre Grund: Richard trug sich mit Heiratsabsichten. Der gekränkte König zeigte sich dennoch großmütig. Er schenkte dem verräterischen Geliebten ein Gut am Starnberger See. Ludwigs Nachfolger, sein Onkel Luitpold, hat den Mann dann gar noch geadelt.

Ein Monarch als Straftäter

Inzwischen waren in der internationalen Politik, die das »Geheime Tagebuch« so sorgfältig ausspart, Entwicklungen vonstatten gegangen, die den König noch mehr ins Abseits stellten. Preußen hatte im Krieg von 1870/71 Frankreich besiegt. Ganz Deutschland, allen voran der einst so vergötterte Richard Wagner, brach in einen unbeschreiblichen Jubel aus. Nur Ludwig hielt sich zurück: »Die Siegesnachrichten im Feldzuge 1870–71 wurden von Seiner Majestät mit Trauer begrüßt, das ›arme Frankreich‹ lebhaft bedauert. Versailles durch den Einzug der Deutschen für entehrt erklärt«, wundert sich das ärztliche Gutachten.

Dabei gab es gar nichts zu wundern. Ludwig argwöhnte, daß durch diesen Sieg Preußen zur absoluten deutschen Hegemonialgewalt werde, und er fürchtete um die Rolle seines Königtums und Bayerns, wenn es unter Führung Berlins zu einer neuen Reichsgründung käme. Die Geschichte hat ihm recht gegeben, für einen »Verrückten« eine erstaunliche Weitsicht!

In diesem »neuen Deutschland« stand ein Mann als Kanzler an der Spitze, der sich schon vor seinem Machtantritt zum Problem der Homosexualität so geäußert hatte: Man gebe der Liebe zwischen Männern die Freiheit, und es folge bald der Ruin des Staates.

Das war Bismarck. Und er war es auch, der dafür sorgte, daß in der neuen Strafgesetzgebung des Reiches die geschlechtlichen Beziehungen zwischen erwachsenen Männern mit fünf Jahren Gefängnis bestraft werden konnten. Nun war aus dem »verrückten« Monarchen auch noch ein krimineller geworden.

Nein, man wird Ludwig nicht in den Starnberger See haben stoßen müssen. Er wird schon allein gesprungen sein.

Die Boston-Ehe, die neue Frau und die grausamen Lesben

Die Sprachlosigkeit zwischen den Geschlechtern

Es ist schon nicht frei von Einfalt, wenn die englische Schriftstellerin Charlotte Bronte sich in ihrem Roman »Shirley« mit folgendem Appell ans andere Geschlecht wendet: »Ihr Männer von England, seht euch die armen Mädchen an, von denen viele rings um euch dahinwelken und an der Schwindsucht eingehen oder, was schlimmer ist, zu sauertöpfischen alten Jungfern werden, die boshaft klatschen und tratschen, weil sie keinen Lebensinhalt kennen, oder, was am allerschlimmsten ist, so tief sinken, daß sie mit Koketterie und entwürdigender List den Ehestand anstreben, um die Stellung und das Ansehen zu gewinnen, die man ihnen im ehelosen Zustand verweigert. Ihr Väter, könnt ihr das nicht ändern?«

Nein, das konnten sie nicht, schon weil sie es nicht wollten. Die Geschlechterspaltung auch der nachrevolutionären Gesellschaft saß so tief im allgemeinen Bewußtsein, daß sie kaum aufzubrechen war. So beobachtet eine englische Reisende um 1829 in Amerika, daß fast alle Vergnügungen der Männer unter Ausschluß der Frauen stattfanden. »Sie dinieren, spielen Karten, treffen sich zu musikalischen Anlässen, soupieren – all das in großen Gesellschaften, aber stets ohne Frauen.«

Und selbst wenn sich beide Geschlechter zu einem gesellschaftlichen Anlaß trafen, konnte man sicher sein, daß sich die Damen in den einen Teil des Saales, die Herren in den anderen zurückzogen. Die bürgerlichen Begriffe des »Herrenzimmers« und des »Damenprogramms«

sind Wortbelege für einen Zustand, der die absolute Ungleichheit der Neigungen, der Möglichkeiten, der Bildung, ja sogar der verbalen Ausdrucksweise belegt. Es herrschte zwischen den Geschlechtern eine allgemeine Sprachlosigkeit. Frauen konnten sich praktisch nur mit Frauen verständigen, was die Formierung einer feministischen Bewegung nachdrücklich beförderte.

Denn gerade diese Ungleichheit war es, die, sofern sie erst einmal den Betroffenen bewußt wurde, den Antrieb zum Wandel schuf. Natürlich hatte auch hier die Französische Revolution mit ihrem sozialen Gleichheitsanspruch inspirierend gewirkt. Nach 1789 wurden erstmals Frauenrechte öffentlich eingeklagt. Dabei war von vornherein klar, daß die Legalisierung der lesbischen Liebe nur innerhalb der Durchsetzung dieser Rechte Chancen hatte. Bereits 1790 war die Nordamerikanerin Judith Sargent Murray mit einem Essay »Über die Gleichheit der Geschlechter« hervorgetreten. Ein Jahr später folgte die französische Dramatikerin Olympe de Gouges mit ihrer »Deklaration der Rechte der Frau und der Bürgerin«.

Beide Schriften gehen von dem richtigen sozialen Ansatz aus, daß die Rechte der Frau nur durchgesetzt werden können, wenn ihr Ausbildungs- und Studienmöglichkeiten eröffnet würden. Die Autorinnen erklärten, daß nur eine gebildete, eine ausgebildete Frau selbständig für sich sorgen könne und nicht auf die Ehe als Versorgungseinrichtung angewiesen wäre, ein Gedanke, der umso mehr auf lesbische Dauerbeziehungen zutraf.

Die Universitäten öffnen sich, die Männer werden knapp

Im Bereich der Bildung stellten sich Erfolge relativ schnell ein, vor allem weil hier die feministischen mit den gesamtgesellschaftlichen Interessen einigermaßen übereinstimmten. Der ständige Anstieg der Arbeitsproduktivität, die immense Verbreitung neuer Technologien, die das 19. Jahrhundert kennzeichneten, schufen einen Bildungsbedarf, der von den Männern allein nicht mehr gedeckt werden konnte. 1837 wurde in den USA das erste Frauencollege eröffnet, England folgte mit einer ähnlichen Einrichtung 1848. Frauen aus dem deutschsprachigen Raum konnten sich seit 1867 an der Universität Zürich einschreiben lassen und dort auch akademische Grade erwerben.

Dieser Trend wurde von einem anderen Umstand begünstigt. Das von den bürgerlichen Moralaposteln bis zum Überdruß proklamierte »Endziel weiblicher Existenz«, die Ehe, wurde aus einem ganz sachlichen Grund immer unerreichbarer: Es fehlte an Männern. In der Wende des 18. zum 19. Jahrhundert hatten in Deutschland 3 Millionen Frauen keinen Mann finden können. Der amerikanische Bürgerkrieg kostete 3 Millionen Männern im heiratsfähigen Alter das Leben. Die Erschließung des amerikanischen Westens zog weitere Hunderttausende aus dem Osten ab. Zwischen 1830 und 1875 verließen 5 Millionen Menschen, in der überwiegenden Mehrheit junge Männer, das englische Mutterland, um in den Kolonien ihr Glück zu suchen. Resultat: 1851 gab es in England 2,7 Millionen unverheiratete Frauen. Dieser Umstand bewog Clara E. Collet in ihrem Essay »Die wirtschaftliche Stellung der weiblichen Arbeiter« zu dem zornigen Satz: »Wenn irgend jemand einwenden wollte, daß eine Frau, die die Arbeit wirklich interessiert und die sie noch unabhängig macht, weniger attraktiv sein soll, als wenn sie nicht arbeiten wollte, dem kann ich nur entgegnen, daß es etwas lächerlich wirkt, von hundert Frauen zu erwarten, ihre Energie dafür einzusetzen, die Aufmerksamkeit von fünfzig Männern auf sich zu lenken.«

Schon aus diesen statistischen Gründen mußten die Frauen in den Beruf und in feste Arbeitsverhältnisse drängen. Sie waren damit umso erfolgreicher, je besser ihre Ausbildung war. Doch dem Erfolg stand die Diffamierung zur Seite. Schon 1830 wurden Frauen, die einem Beruf, womöglich sogar einem intellektuellen, nachgingen, als »geschlechtslos« und als »Halb-Frauen« bezeichnet. Die antifeministische Kampagne argumentierte: Je mehr eine Frau ausgebildet ist, je mehr sie Karriere macht, um so deutlicher hört sie auf, eine Frau zu sein.

Je mehr Frauen sich auf die eigenen Füße stellten und darüber hinaus noch über ihre sexuelle Rolle neu nachzudenken begannen, um so hysterischer wurden die Reaktionen der Konservativen. In dieser Haltung spiegelte sich ein erstaunlicher Wandel. Hatte man vor der Revolution gleichgeschlechtliche Beziehungen zwischen Frauen, ob sie eine sexuelle Komponente hatten oder nicht, geduldet und, weil aus ihnen keine illegitimen Kinder hervorgehen konnten, in gewisser Weise sogar gefördert, so schlug die Meinung ins drastische Gegenteil um, als sich diese Beziehungen in einem öffentlich-gesellschaftlichen Kontext zu artikulieren begannen. Die soziale Ausgrenzung derer, die sich auch nur lesbisch gaben, schritt mit Vehemenz voran. Es wurde ein Bild von einem Mann-Weib gemalt, vor dem sich der biedere Ehemann und die noch biederere Ehefrau nur fürchten konnten. Eine Frau, die diesem Bild auch in Wirklichkeit entsprach, war George Sand.

Die Frau in Männerkleidern

Schon ihre Entscheidung für einen männlichen Vornamen stellte eine Provokation dar. Die Sand hieß eigentlich Amandine Dupin, verehelichte Dudevant, war Tochter eines napoleonischen Offiziers und aus einer illegitimen Linie Urenkelin des sächsichen August des Starken. Sie wurde nicht nur berühmt allein durch ihre schriftstellerischen Arbeiten, sondern fast mehr noch durch die Anziehungskraft, die sie auf mindestens ebenso berühmte Männer und Frauen ausübte. Sie war befreundet mit de Musset, Delacroix, Berlioz, Merimée, Dumas dem Jüngeren, Balzac, Heine und dem Sozialisten Leroux. Sie führte einen später berühmt gewordenen Briefwechsel mit Flaubert, wurde von Liszt verehrt, sie war die Gefährtin Chopins, mit dem sie neun Jahre lang zusammenlebte – und Victor Hugo seufzte, daß sie »sich nicht entscheiden kann, ob sie Weib oder Mann ist«.

Ihre homoerotischen Äußerungen in dem Roman »Lélia« (1833) leisteten den les-

Ohne das männliche Glied geht nichts? Tausende Lesben wußten es besser. Lithographie von Wilhelm von Kaulbach, 19. Jh.

bischen Phantasien ihrer Leser Vorschub. Sie provozierte die braven Bürger, indem sie sich mit der skandalumwitterten Dichterin und Schauspielerin Adah Menken öffentlich zeigte, rauchend und in Männerkleidern, mit Gehrock, Hosen und Zylinder. Auch mit der Schauspielerin Marie Dorval scheint sie ein intimes Verhältnis gehabt zu haben, denn deren Liebhaber, der schriftstellernde Graf Afred de Vigny, ermahnte seine Freundin brieflich, die Beziehungen zu dieser »verdammten Lesbierin« abzubrechen.

Die meisten ihrer Zeitgenossen räumten ironisch ein, daß der Sand die Gnade der Bisexualität zuteil geworden war. Fast jeder dieser erotischen Histörchen und Skandale, an deren Entstehung die Sand erheblichen Anteil und ebenso unverhohlene Freude hatte, haben den Blick auf die eigentliche Bedeutung dieser Schriftstellerin verstellt. Was immer an ihren Eskapaden stimmte und was nicht, außer Frage steht, daß sie vehement gegen die Unterdrückung der Frau auftrat. So ist in ihren »Lettres à Margie« (1837) zu lesen: »Den Frauen wird eine erbärmliche Erziehung gewährt. Das ist das schlimmste Verbrechen der Männer. Die Männer mißhandeln die Frauen auf allen Gebieten und werden dabei durch die heiligsten Institutionen unterstützt. Sie haben sich sogar die unschuldigsten und echtesten Gefühle der Frauen zu Nutze gemacht. Sie versklaven und degradieren die Frauen, und jetzt bestehen sie noch darauf, daß die Lage der Frauen von Gott gegeben ein Teil eines unveränderlichen Gesetzes ist.«

Dieser »Mann« ist eine Frau – und was für eine! – George Sand, gute Schriftstellerin, schlimme Geliebte. Lithographie von A. Kneisel nach einer Zeichnung von Cäcilie Brandt

Sätze wie diese werden unter den französischen Feministinnen, die ohnehin unter dem restaurativ-biederen Bürgerkönigtum zwischen 1830 und 1848 keinen leichten Stand hatten und von der Öffentlichkeit als skurrile Außenseiter verspottet oder gar nicht zur Kenntnis genommen wurden, sicher viel Beifall gefunden haben. Doch eben diese »Zeitnützlichkeit« der George Sand, die Tatsache, daß ihr Auftreten und ihr Schreiben in ein bestimmtes Bild bestimmter Leute paßte, verdeckt die wahre Befindlichkeit dieser Frau. Es gibt zahllose Äußerungen von ihr selbst und ihren Romanfiguren, die enthüllen, daß ihre »skandalöse« Kopulationsgier eigentlich kaum etwas mit Nymphomanismus zu tun hatte, sondern eher mit seinem Gegenteil. Diese Frau sehnte sich nach sexueller und spiritueller Befriedigung, nicht weil sie sie genußvoll leicht, sondern fast nie erreichte: »Der Trieb war bei mir eine seelische Leidenschaft, die alle Kraft der Sinne lähmte, noch bevor sie voll erwacht waren.«

War am Ende die Sand gar nicht die Barrikadenkämpferin der Emanzipation, für die sie allgemein gehalten wurde, nicht jene Sex-Rebellin, die die Phantasie so mancher Populärautoren anregte? War es eigentlich gar nicht die bestehende Moral, gegen die sie Sturm lief, sondern eher die unerfüllte Libido, unter der sie litt?

Setzt man diese Prämisse, dann wird verständlich, was Charles Baudelaire so despektierlich von George Sand schrieb: »Die Dame Sand ist eine Spießerin der Unmoral. Moralisch war sie schon immer. Nur machte sie damals in Gegen-Moral.«

Es ging also nicht so sehr um eine neue Moral, sondern mehr um ein provokantes Gegenbild der alten. Das aber genau war die Haltung, die die neue Schriftstellergeneration einnahm, deren Ziel darin bestand, das biedere Bürgertum aufzuschrecken, die sanktionierten Sexualpraktiken als öde und langweilig zu diffamieren und an ihre Stelle Ungenormtes, Herausforderndes zu setzen. Und insofern kam die Vita der George Sand gerade zur rechten Zeit.

»Epater le bourgeois!« –
»Schockiert den Bürger!«

Die Zeit des französischen Bürgerkönigtums war eine muffige, moralisierende Periode. Die Kämpfe von 1789 mit ihrer enthusiastischen Entschlossenheit zur Umwertung aller Werte, zum Neubeginn in allen gesellschaftlichen Sphären – dies alles war längst vergessen und einer biederen Alltäglichkeit gewichen. Frankreich trottete vor sich hin, ohne Elan und ohne große Inspiration.

In dieser Zeit mußte George Sand wie ein bunter, exotischer Vogel wirken. Und sie hatte Freunde, die nichts lieber taten, als die braven Bürger zu schockieren, nicht nur mit dem, was sie taten, sondern vor allem mit dem, was sie schrieben. Da reichte die Lesbe als Provokation schon nicht mehr aus, nein, es mußte die böse, die diabolische Lesbe sein.

Den Anfang machte damit Balzac. Zwei Jahre nach George Sands »Lélia« veröffentlichte er seine Erzählung »Das Mädchen mit den goldenen Augen«, eine Arbeit, die sich mit ihrem Thema noch nicht ganz hervorwagt, die sich in Andeutungen verkriecht, die aber schon den Lesbierinnen-Typ zeichnet, der sehr bald Mode werden wird.

Der Erzähler verliebt sich in Paquita, das Mädchen mit den Goldaugen, das von einer geheimnisvollen, zunächst nicht näher in Erscheinung tretenden Frau beherrscht und bewacht wird. Als es schließlich zur sexuellen Vereinigung zwischen dem Verehrer und der jungen Frau kommt, seufzt Paquita: »Ich bin wie ein an den Pfahl gebundenes Tier.« Balzac verschleiert die Sachverhalte noch weiter: »Obwohl sie noch Jungfrau war, so war sie doch nicht unschuldig.«

Kaum aber hat die Schöne ihre Unschuld dem Liebhaber hingegeben, erscheint ihre bisher im Verborgenen gehaltene lesbische Freundin, die attraktive Marquise de San Real. Sie hatte Paquita gekauft und glaubte deshalb, jede Verfügungsgewalt über sie zu besitzen. Voller eifersüchtiger Wut herrscht die Lesbe das deflorierte Mädchen an: »Für das Blut, das du ihm gegeben hast, schuldest du mir all dein Blut.«

Was zunächst nur wie eine Drohung klingt, wird bald bitterer Ernst. Der bisher nur verschwommen formulierende Erzähler wird nun detailgetreu: »Dieser weiße Raum, aus dem das Blut grell hervorstach, verriet einen erbitterten Kampf. Paquitas Hände waren in die Kissen gekrallt, überall hatte sie sich ans Leben gehängt, überall hatte sie sich gewehrt, überall war sie geschlagen worden. Ihre blutigen Hände hatten ganze Streifen des Tapetenmusters herabgerissen. Sie mußte wohl versucht haben, die Zimmerdecke zu erklimmen.«

»Die Blumen des Bösen«

Ähnlich wie die abartigen Lustfanatiker des Herrn de Sade sind auch die Figuren in dieser Balzac-Erzählung von hoher Künstlichkeit, literarische Kreaturen aus der Retorte, die als Typus in der Wirklichkeit kaum auch nur annähernd eine Entsprechung fanden und die lediglich jene gesellschaftliche Stimmung verraten, daß Les-

bierinnen etwas Unheimliches, Monströses und eben »Abnormes« sind. Niemand war so geeignet, die Bürger zu schockieren, als Frauen, die Frauen lieben.
Das wußte auch Baudelaire. Als 1857 sein Gedichtband »Die Blumen des Bösen« erschien, war nicht nur ein literarischer Skandal perfekt, sondern es kam zu einem regelrechten Gerichtsverfahren, in dem dem Dichter Pornographie vorgeworfen wurde. Der Staatsanwalt begründete seinen Strafantrag mit dem Satz: »Hier finden sie in den intimsten Details die Gewohnheiten der Tribaden.«
Die These ist sachlich falsch. Was (vor allem in dem Gedicht »Delphine und Hypolyte«) geschildert wird, ist in allererster Linie das, was sich Männer unter gleichgeschlechtlicher Liebe zwischen Frauen vorstellen. Und diese Imagination beläuft sich auf eine sich stets ähnelnde Zweierkonstellation: Da ist – ganz wie bei Balzac – die begehrende, besitzergreifende, vampirhafte Schöne (Delphine), auf der anderen Seite die bleiche, zurückhaltende, aber letztlich doch gewährende Dulderin, die schon bei Balzac als Paquita in Erscheinung trat und die nun bei Baudelaire Hypolyte heißt: Jägerin und gejagtes Wild. Delphine bekennt sich deutlich zu diesem Rollenspiel:

»Dich bet ich an wie mächtger Wölbung Schauer...
Ich lieb dich, Schöne, mehr noch, weil du fliehst...
Ich greife an und auf die Wälle stürme,
So wie den Leichnam anpackt das Gewürme
Und liebe an dir, unversöhnlich Tier,
Die Kälte noch: Sie macht dich schöner mir.«

Wenn eine Frau so zu einer Frau spricht, fand der Staatsanwalt, so sei das obszön. Doch darüber brauchte er sich eigentlich keine Sorgen zu machen, denn Baudelaire beeilte sich, schließlich hart zu verurteilen, was er vorher beschrieben hatte.

»Ihr Schatten, lauft nur zu Eurer Süchte Ziel.
Niemals gelingt es, eure wütende Begier zu stillen,
Und eure Strafe wird aus eurer Lust entstehen.« –
(Hervorhebung G. F.)

Hier ist in drei Zeilen das gesamte Verdammungsvokabular des heiligen Paulus versammelt: Lust, Sucht, Begier – Strafe! Die Richter müssen das ganz ähnlich gesehen haben. Sie verurteilten Baudelaire zu einer Geldstrafe von hundert Francs, ein Betrag, der geradezu lächerlich ist, wenn man ihn mit dem verlegerischen Erfolg des Buches vergleicht.
Dieser war so groß, daß auch andere Schriftsteller sich dem Thema zuwandten. Die böse Lesbe wurde zu einer modischen Figur. Freilich wird das Thema später »verfeinert«. Hatten bei Balzac und Baudelaire die tribadischen Vampire ihren Lustopfern noch körperliche Gewalt angetan, so greift die »Jägerin« in Adolph Belots »Fräulein Giraud, meine Frau« zu geistigen Folterinstrumenten.

Ein Gedichtband vor dem Staatsanwalt: Baudelaires »Blumen des Bösen«. Titelbild von Auguste Rodin, 1918. Bibliothèque Nationale, Paris

Der Titel ist verwirrend, und er soll das Beziehungsproblem der Figuren in verkürzter Form andeuten. Fräulein Paule Giraud hat seit ihrer Zeit in der Klosterschule ein Verhältnis mit Gräfin Berthe de Blangy, die sie nicht nur sexuell beherrscht, sondern vor allem auch intellektuell. Wider eigenen Willen heiratet Paule den Ich-Erzähler des Buches, dem sie körperliche Liebe verweigerte und der nach geraumer Zeit merkt, wie es um die beiden Frauen steht. Er versucht seine Ehe zu retten, indem er Paule entführt, in der Hoffnung, daß eine andere Umgebung sie von ihrer lesbischen Verstrickung heilt. Das scheint zunächst auch zu gelingen. Doch dann zeigt Berthe, daß sie selbst aus der Entfernung noch Macht über das hilflose Geschöpf hat. Sie bringt es fertig, daß Paule ihren Mann verläßt und zu ihr zurückkehrt. Bei der Geliebten wird sie jedoch von einer geheimnisvollen Krankheit befallen, und der Autor deutet vosichtig an, daß diese auf übertriebenen geschlechtlichen Verkehr zurückzuführen sei. Paule stirbt, und der betrogene Ehemann rächt sich für die erlittene Schmach, indem er Berthe beim Baden ertränkt. Berthe allerdings ist auch verheiratet gewesen, lebte jedoch von ihrem Gatten seit langem getrennt, um ungehemmt ihren homosexuellen Gelüsten nachgehen zu können. Dieser verlassene Graf schreibt am Schluß des Buches an den verlassenen Ehemann einen Brief, in dem er sich für das Verbrechen am Badesee bedankt, und zwar »im Namen aller ehrbaren Menschen, weil Sie uns von diesem Ungeziefer befreit haben.«

Ungeziefer sind also die Homosexuellen, ob Mann oder Frau, nach wie vor allemal, »Blumen des Bösen«, die unweigerlich in der Verdammnis landen, in jener christlichen Hölle, die Dante so quälend phantasievoll beschrieben hatte. Aber – und das ist das Neue, was sich in der Mitte des 19. Jahrhunderts anbahnt – die gleichgeschlechtliche Liebe wird nicht mehr länger aus dem öffentlichen und damit auch aus dem literarischen Bewußtsein verbannt. Freilich geschah das in einer Weise, in der sich die in der Wirklichkeit Betroffenen kaum wiederfinden konnten.

Die wissenschaftliche Verteufelung

Der Verteufelung der Lesben wurde durch die Wissenschaft noch Vorschub geleistet. Es waren vor allem zwei Werke zu diesem Thema, die sich europaweiter Beachtung erfreuten und unzählige Nachahmer fanden. Es handelt sich um Richard von Krafft-Ebings »Psychopatia Sexualis« (1882) und Havelock Ellis' »Sexuelle Inversion« (1897).

Krafft-Ebing ging davon aus, daß es sich beim Lesbianismus wie bei der männlichen Homosexualität im allgemeinen um eine Krankheit handelte, die auf eine »Gehirnmißbildung« zurückging, also ein Phänomen der »Entartung« darstellte. Das Abschieben der Homosexualität ins Pathologische hatte – wie schon erwähnt – zunächst die juristische Folge, daß gleichgeschlechtliche Liebe nicht bestraft werden konnte. Da Lesben aber (außer in Österreich) nicht von Strafe bedroht waren, sahen sie in der These Krafft-Ebings primär einen fundamentalen Angriff auf ihre Würde. Die Schwulen dagegen nahmen die pathologische Variante mit einer gewissen Erleichterung auf, da es ihnen verständlicherweise lieber war, ein Kranker zu sein als ein Verbrecher.

Havelock Ellis übernahm zunächst von Krafft-Ebing den Standpunkt der Krankhaftigkeit, unterschied aber zwei Arten von Homosexualität, nämlich die »echten Invertierten« und jene gleichgeschlechtliche Liebe, die durch bestimmte, das andere Geschlecht ausschließende Umstände zustande kommt (Internate, Kasernen, Schiffsbesatzungen, Gefängnisse). Letzteren wurde nur eine »unechte Inversion« bescheinigt, und Ellis war davon überzeugt, daß diese »Patienten« zu einem »normalen« Geschlechtsleben zurückkehrten, sobald sich ihnen die Möglichkeit zu heterosexuellen Aktivitäten bieten würde.

Das Problem lag – laut Ellis – also bei den »echten Invertierten«, den eigentlichen »Kranken«. Um seine Theorie praktisch zu belegen, gab er einige »Fallbeispiele« an. Diese lesen sich fast so, als wären sie den dargestellten Literaturerzeugnissen entnommen:

»... Fall 29, Miss S.: ... Sie gehört zu einer Familie mit einem auffallend nervenkranken Element ... Fall 40, Miss M.: ... In der Familie ist ein neurotisches Element vorhanden ... Fall 41, Miss B.: ... Eines ihrer Geschwister ist neurotisch veranlagt und eines invertiert ... Fall 42, Miss H.: ... Unter den Verwandten mütterlicherseits besteht ein Hang zur Überspanntheit und Nervenkrankheit ...«

Dies alles klingt schon sehr nach jener Vererbungstheorie, die die Sexualwissenschaft sehr bald beschäftigen wird. Dabei vollzog Ellis eine gedankliche Wendung, die sich später zwar als falsch erwies, die aber einer gewissen Originalität nicht entbehrt. Er meinte, weil diese Familien so viele neurotische Defekte aufweisen, greife die Natur ausgleichend ein, indem sie ein Mitglied invertiere und damit von der Fortpflanzung ausschließe: Homosexualität als Empfängnisverhütung!

Das antike Sexualmuster wiederholt sich. Der Alte begehrt den Jungen. »Die Lasterhöhle«. Zeichnung von Jean Cocteau, 1923. Privatbesitz

Ellis' sozialgeschichtliche Leistung besteht andererseits darin, daß er zu jenen damals praktizierten »Heilversuchen« Distanz hielt, wie den Empfehlungen, zu heiraten, ins Bordell oder zu hypnotischen Sitzungen zu gehen. Dagegen wirkt Ellis' Meinung geradezu modern: »Ich hege wenig Sympathie für jene, die den Invertierten um jeden Preis behandeln wollen. Ich neige dazu, zu sagen, daß wir einem Invertierten helfen können, sich wohlzufühlen, sich zurückzuhalten und sich selbst zu respektieren, was besser ist, als ihn zum schwachen Abbild eines normalen Mannes zu machen.« Das waren für die damalige Zeit gewiß kühne Sätze, vielleicht nach Ellis' Gefühl sogar zu kühne. Denn zum Schluß macht er doch noch ein Zugeständnis an die herrschende Moral. Er empfiehlt dem Homosexuellen, dem Ideal der Keuschheit zu leben: »Er sollte seinen Karren an einen Stern spannen.«

Vielleicht dachte Ellis bei diesem Kompromiß auch an den Skandal, den zwei Jahre vor dem Erscheinen seines Buches der Prozeß gegen einen prominenten Homosexuellen in seiner englischen Heimat auslöste, der Prozeß gegen Oscar Wilde.

Die Damen sind nicht sonderlich klug, die die Salonkomödien Oscar Wildes bevölkern. Lady Windermere scheint mit ihrer übertriebenen Eifersucht nur beweisen zu wollen, wie kleinbürgerlich in seinen erotischen Vorstellungen der englische Adel geworden war. Die umworbene, reiche Cecily in »Bunbury oder Ernst sein ist alles« ist ein überdrehter Backfisch und Lady Chiltern in »Ein idealer Gatte« treibt die Verehrung ihres Mannes in völlig unkritische Höhen.

Auch in Wildes Roman »Das Bildnis des Dorian Gray« wird die Weiblichkeit nicht viel besser geschildert. Die Damen sind laut, dumm, geschwätzig und verlogen. Wenn beispielsweise eine ehemalige Geliebte Lord Henry während eines Diners vorwirft, er habe ihr Leben zerstört, so wird dies von Henry kommentiert: »Ich muß jedoch erwähnen, daß sie währenddessen ein ungeheueres Abendessen zu sich nahm, so daß ich unbesorgt war.«

Wer Frauen literarisch so zeichnet, scheint mit ihnen nicht viel im Sinn zu haben. Was wunder, der Autor Oscar Wilde war homosexuell. Mit dieser Neigung stand Wilde in Großbritannien keineswegs allein, und selbst Könige hatten bekanntlich dort der gleichgeschlechtlichen Liebe lustvoll gefrönt. Warum also soviel Aufhebens, soviel hektische Aufgeregtheit um den »Fall Wilde«?

Der Dichter war bereits literarisch auf und aus dem Rahmen gefallen. 1891 erschien der erwähnte Roman »Das Bildnis des Dorian Gray«, und sofort brach in den konservativen Kreisen ein Sturm der Entrüstung los. Das offizielle Ärger-

Verfolgt und geschunden: Oscar Wilde und andere

nis, das das Buch auslöste, war nicht etwa darin begründet, daß es sich um ein homosexuelles Werk handelte, was es in seiner Grundtendenz letztendlich wohl war. Nein, der Grund der Erregung bestand in einem ästhetischen Postulat, das der Autor bereits im Vorwort zu seinem Roman formuliert hatte: »Der Künstler ist der Schöpfer schöner Dinge. Das Ziel des Künstlers ist, die Kunst zu offenbaren und den Künstler zu verbergen.«

»Verbergen« aber ist ein Schlüsselwort der homosexuellen Existenz im ausgehenden 19. Jahrhundert. Wilde versuchte einen Mittelweg zu finden zwischen einer Homosexualität, die sich gutbürgerlich maskierte (also »verbarg«) und einer, die den öffentlichen Skandal riskierte. Er fand ihn im Reich der Künstlichkeit, des Ästhetizismus, in dem man endlich sein konnte, was man war, ohne direkt sagen zu müssen, wie man war. Wie ernst es Wilde mit diesem Anliegen meinte, zeigt die Tatsache, daß dieser homo-ästhetische Exkurs außer im Vorwort auch im Roman selber wiederkehrt. Der Maler des Bildnisses bekennt Dorian Gray in Hinblick auf das Gemälde: »Ich fürchte immer mehr, daß andere von meiner götzenhaften Schwärmerei erfahren könnten. Ich fühlte, Dorian, daß ich zuviel ausgeplaudert habe, daß ich zuviel von mir selbst in das Bild hineingelegt habe. Das ist der Grund, weswegen ich nie erlaubt habe, das Bild auszustellen.«

Hier wird klar, daß die Methodik des Verbergens im Ästhetischen keine gesellschaftskritische Komponente enthält, sondern eine rein menschliche: ein Homosexueller zieht wieder einmal die Maske tief ins Gesicht. Nur eben dies kann man leichter in der Dichtung als in der Wirklichkeit. Und die holte den schon Skandalbehafteten mit brutaler Unnachgiebigkeit ein.

Der Gray-Roman war gerade vier Jahre auf dem Markt, da lernte der damals siebenunddreißigjährige Oscar Wilde den zweiundzwanzigjährigen Studenten und Aristokraten Alfred Douglas kennen. Der eine war bereits ein zumindest als Dramatiker anerkannter Autor, der andere ein noch namenloser Student, der seinem Idol namens Wilde poetisch nachzueifern suchte. Die sexuelle Beziehung der beiden verlief nach einem sado-masochistischen Muster. Der Jüngling übernahm den Part des »Schänders«, Wilde den des »Opfers«. Sie hatten beide Vergnügen an diesem Rollenspiel. Sie wurden zueinander gewalttätig, sie trennten und versöhnten sich wieder.

Der Skandal

Schließlich kam es zu jenem Prozeß gegen den Vater des Studenten, Lord Douglas, der zunächst von Wilde angestrengt wurde, der aber im Verhandlungsverlauf eine dramatische Wende erfuhr. Der ursprüngliche Kläger wurde zum Angeklagten und schließlich zum Verurteilten.

Was war geschehen? Als der vornehme Lord, der selbst seine Frau sträflichst vernachlässigte, weil er sich dem Boxsport und der Jagd mit manischer Leidenschaft verschrieben hatte, vom lockeren Lebenswandel seines Sohnes erfuhr, setzte er all jene Repressalien gegen ihn ein, die betuchte Väter gegen ihre Nachkommen ein-

Salome mit männlichem Geschlechtsteil. Titelbild von Aubrey Beardsley zu dem Stück von Oscar Wilde

zusetzen pflegen. Eine Unterhaltskürzung folgte der anderen, von Enterbung war ständig die Rede.

Aber als der alternde schottische Lord davon erfuhr, daß sich sein Filius mit einem Dichter lasziven Rufs eingelassen habe, schrieb er an Wilde einen Brief, in dem er ihn unumwunden einen »Sodomiten« nannte.

Das konnte Wilde, der ja eine zwar umstrittene, doch landesweit bekannte Persönlichkeit war, nicht auf sich sitzen lassen. Und sein Geliebter stachelte ihn noch an, gegen den verhaßten Vater juristisch vorzugehen. Es gab einflußreiche Freunde wie George Bernard Shaw und den Zeitungsherausgeber Frank Harris, die dem Dichter dringend rieten, das Verfahren nicht länger zu betreiben. Sie kannten die britische Gesellschaft allzu gut und wußten, daß nichts die Geschworenen mehr beeindruckte als ein um das Schicksal seines Sohnes besorgter Vater. Und was sollte werden, wenn sich des alten Lords Anschuldigung faktisch als berechtigt erwies?

Jedem unvoreingenommenen Beobachter mußte klar sein, daß Wilde sich hier auf ein Glatteis begab, auf dem er stürzen mußte. Doch der Dichter schlug alle Warnungen in den Wind. Er wollte den Prozeß, vermutlich vor allem, weil sein Geliebter ihn wollte.

Zwischen Richtertisch und Anklagebank lagen Welten, die moralischen Maßstäbe konnten ungleicher nicht sein. So fragte der Richter, von welcher Art von Liebe der Angeklagte überhaupt rede. Wieder zog Wilde die Maske vors Gesicht und entgegnete diplomatisch: »Von einer edlen, herrlichen Form der

Oskar Wilde mit seinem Freund Alfred Douglas,
der ihn ungewollt ins Verderben stürzte.
Foto, um 1890

Zuneigung, die in diesem Jahrhundert nicht ihren Namen nennen darf... Von jener Liebe, welche in unserem Jahrhundert so verkannt wird, daß ich ihretwegen jetzt da bin, wo ich mich heute sehe.« (Die Formulierung kehrt übrigens in Alfred Douglas' Gedicht »Zwei Lieben« wieder: »Ich bin die Liebe, die ihren Namen nicht zu nennen wagt...«)

Doch irgendwann im Prozeßverlauf muß Wilde der Maskerade überdrüssig geworden sein. Er bekannte sich offen zu seiner Homosexualität und gestand provokativ, daß er sich nicht allein mit dem jungen Adligen, sondern mit Lumpenproletariern, Arbeitern und Arbeitslosen sexuell vergnügt habe. Das war der eigentliche Drehpunkt des Prozesses: Der Kläger wurde zum Angeklagten.

Nun begann für die etablierte britische Öffentlichkeit der Skandal erst richtig. Es war nicht nur die homoerotische Disposition des Angeklagten, die man empörend fand, das Ärgernis bestand vielmehr darin, daß nach eigener Bekundung ein Homosexueller über Schranken gesprungen war, die man im Königreich nicht zu überspringen hatte: die Schranken der Klassen. Ein Bürgerlicher trieb es mit einem jungen Aristokraten und außerdem noch mit Proletariern. Das war unerträglich.

Der Dichter verlor den Prozeß, den er selber in Gang gesetzt hatte. Die Gerichtskosten waren immens. Wildes Haus kam zu einem Schleuderpreis zur Versteigerung. Das Sorgerecht für seine Söhne Cyril und Vyvyan wurde ihm aberkannt, seine Stücke verschwanden von den Theaterspielplänen, seine Frau floh mit den Kindern ins Ausland.

Doch das schlimmste war: Wilde wurde zu der härtesten der gesetzlich möglichen Strafen verurteilt: zwei Jahre Zuchthaus mit Zwangsarbeit. In dieser Zeit starb Wilde seinen Tod als Schriftsteller. Nach seiner Entlassung ging er, ein gebrochener und mittelloser Mann, nach Paris. Dort bekannte er: »Ich schrieb, solange ich das Leben nicht kannte, jetzt, wo ich den Sinn des Lebens erkannt habe, bleibt mir nichts mehr zu beschreiben. Das Leben kann nicht geschrieben, sondern nur gelebt werden. Ich habe gelebt.«

Daß er im letzten Satz das Perfekt verwendete, ist wie ein Omen. Im Oktober 1900 – dreieinhalb Jahre nach seiner Entlassung – starb Wilde, erst sechsundvierzigjährig, in der fremden französischen Metropole eines einsamen Todes.

Gertrude Stein – Genie ohne Skandal

Auch Verleger verstanden die Texte nicht

Die Homosexuellen beiderlei Geschlechts hatten in Jahrhunderten mit Skandalen zu leben gelernt, sowohl mit denen, in die sie von einer sie ausgrenzenden Umwelt gegen ihren Willen hineingezogen wurden, wie mit jenen, die sie selbst vor allem im Umgang mit ihresgleichen verursacht hatten.

Die Frau, von der nun die Rede ist, schien ganz aus dem Holz zu sein, dieser chronique scandaleuse ein weiteres Kapitel hinzuzufügen. Sie lebte exzentrisch und war stolz darauf. Sie stellte sich bewußt und mit geradezu manischem Selbstwertgefühl in ihrem schriftstellerischen Schaffen außerhalb jeder literarischen Tradition. Ihr pummeliges Äußeres und ihre gewollt antimodische Bekleidung machten sie schon auffällig, noch ehe sie ein Wort sagte. Ihre eigenwilligen Texte wollte niemand drucken, weil selbst die potentiellen Verleger sie nicht so recht verstanden. Sie war überzeugt, ein Genie zu sein, und betrachtete es als ihren höchst eigenen Sport, Genies um sich zu sammeln. Und um das Maß voll zu machen, bekannte sie ungehemmt, daß sie lesbisch sei. Mehr Voraussetzungen zu einem Skandal können von einer einzelnen kaum erbracht werden.

Doch – welch Wunder! – der Skandal, wie er in den Szenarien homosexueller Beziehungen so oft vorkam, blieb aus. Woran lag das? Hatte sich die Toleranz der Gesellschaft gegenüber den Homosexuellen zu Beginn des 20. Jahrhunderts schlagartig vergrößert? Keinesfalls! Hatte die feministische Bewegung, die gerade ihre ersten Schritte wagte, schon solche Erfolge erzielt? Alles andere als das! Nein, es lag vielmehr an der individuellen Disposition der beiden Frauen, die hier aufeinander trafen.

Nicht nur Pummelchen
und graue Maus

Gertrude Stein, Jahrgang 1874, Kind einer jüdisch-amerikanischen Familie deutscher Abstammung, verlor früh die Mutter, haßte ihren Vater, wie alle, die ihr gegenüber später eine Vaterrolle spielen wollten. Als junge Frau versuchte sie sich vergebens auf zwei Studienwegen; zunächst Philosophie und Psychologie, dann Medizin. Sie scheiterte an der Universität und reiste – Kultakt für alle jungen Amerikanerinnen – nach Europa und beschloß, Schriftstellerin zu werden.

In Paris, in der 27, Rue de Fleures, bezog sie, zunächst mit ihrem Bruder Leo, eine Wohnung. Dort schrieb sie ihren ersten Roman, der von der Dreiecksliebe junger Amerikanerinnen handelt. Leo geht für einige Zeit zurück nach Amerika, erzählt dort vom Leben in Paris und seiner aufregenden Schwester – und findet eine geradezu intuitiv-faszinierte Zuhörerin: Alice Babette Toklas. Sie beschließt, so bald wie möglich nach Paris zu reisen. Dort leben die drei, Gertrude, Alice und Leo noch eine zeitlang zusammen. Doch bald merkt Leo, daß er in dieser Beziehung nichts mehr zu suchen hat. Er zieht aus und geht zurück nach Amerika. Nun kann die Liebe der beiden Frauen ungestüm erblühen. Wer war diese Alice?

Alice Babette Toklas, geboren in San Francisco, hatte eine behütete Kindheit und eine harmonische Jugendzeit – bis zu dem Augenblick, als Leo Stein auftauchte und von der Rue de Fleures und seiner exzentrischen Schwester erzählte. Wie von einem Magneten angezogen, trieb es nun Alice endgültig nach Europa, zu Gertrude Stein, der zwar weitgehend unveröffentlichten, aber dennoch unter den französischen Avantgardisten »geheim gehandelten« Schriftsellerin. Alice wird später einmal gefragt werden, worin sie den Sinn ihres Daseins sieht. Und sie wird antworten: »Es ist mein Gefühl für Gertrude Stein.«

Mit Sätzen wie diesen hat die Toklas Interpretationen Vorschub geleistet, die in der Stein das exaltierte Genie, in ihr selber aber nur das dienende Hausmütterchen, die gute Köchin, die stets liebesbereite Anbeterin, die graue Maus neben dem bunten Vogel sahen.

Diese Deutung ist zwar nicht falsch, denn all das war die Toklas auch. Aber sie ist auch nicht richtig, denn die Toklas war mehr.

Zwei freie Frauen
unter vielen unfreien

Was in dieser Beziehung von den beiden Frauen erlebt wird, ist das nicht eben häufige Phänomen einer gleichberechtigten Partnerschaft, in der jeder seine Rolle kennt und akzeptiert, zwei Saiten, wie Rilke später dichten wird, auf ein Instrument gespannt. Alles zwischen ihnen ist unspektakulär, wird als gegebene Selbstverständlichkeit betrachtet, selbst der lesbische Charakter ihrer Beziehungen fällt darunter: zwei freie Frauen unter so vielen unfreien.

Typisch dafür ist ein in der Literaturgeschichte wohl einmaliger Vorfall. Gertrude Stein beschreibt das Leben der Freundin. Das Buch trägt den scheinbar widersinnigen Titel: »Die Autobiographie von Alice B. Toklas – Von Gertrude Stein« Man kann keine Selbstbiographie für einen anderen schreiben, hört man die literaturwissenschaftlichen Genre-Spezialisten sagen.

Ein lesbisches Paar ohne Skandale: die amerikanische Schriftstellerin Gertrude Stein und ihre Lebensgefährtin Alice Toklas

Doch man kann. Der Buchschluß gibt dafür eine ebenso einfache wie schöne Erklärung. Da schreibt die Stein im Namen und mit der Stimme der Toklas: »Ich bin eine ziemlich gute Hausfrau und eine ziemlich gute Gärtnerin und eine ziemlich gute Herausgeberin und eine ziemlich gute Tierärztin für Hunde und immer soll alles auf einmal sein und ich finde es schwierig, obendrein auch noch eine ziemlich gute Autorin zu sein. Vor etwa sechs Wochen sagte Gertrude Stein, es sieht mir gerade nicht so aus, als ob du jemals deine Autobiographie schreiben würdest. Weißt du, was ich tun werde? Ich werde sie für dich schreiben. Ich werde sie so einfach abfassen wie Defoe, als er die Autobiographie Robinson Crusoes schrieb. Und das ist sie und hier ist sie.«

Die beiden leben ihr lesbisches Leben mit Selbstverständlichkeit. Deshalb kann die »Autobiographie« auch auf alle Darstellungen erotischer oder gar sexueller Intimitäten verzichten. Nirgendwo findet man auch nur einen Hauch von Rechtfertigung, nicht einmal die Hervorhebung der Vorzüge gleichgeschlechtlichen Liebens. Die Beziehung scheint in sich selbst zu ruhen.

Daß in der Liaison Gertrude Stein die dominierende Persönlichkeit war, steht außer Frage und wurde von allen zeitgenössischen Berühmtheiten, die in der Rue de Fleurus ein- und ausgingen, bezeugt, ob sie nun Picasso, Hemingway, Matisse oder Cocteau hießen.

Auch im Umgang mit soviel Prominenz herrschte zwischen den beiden eine gleichsam selbstverständliche Arbeitsteilung. Während die Stein vor ihrem Thron die Genies um sich sammelte, kümmerte sich nebenan die Toklas um die jeweiligen Partnerinnen der avantgardistischen Gäste: »Ich hatte oft gesagt, ich würde ein Buch schreiben über die Frauen von Genies, neben denen ich gesessen habe. Ich habe neben so vielen gesessen. Ich saß neben Frauen von Genies, die keine richtigen Ehefrauen waren, aber die Genies waren, richtige Genies. Ich habe neben richtigen Ehefrauen von Genies gesessen, die keine richtigen Genies waren. Ich habe neben Frauen von Genies gesessen, die beinahe Genies waren oder zukünftige Genies waren, kurz und gut, ich habe sehr oft und sehr lange neben mancherlei Frauen und neben Frauen mancherlei Genies gesessen.«

In dem voluminösen, sich dem Leser äußerst schwer erschließendem Werk der Gertrude Stein vermeint man zunächst nicht allzu viel von lesbischer Liebe entdecken zu können. In Wahrheit aber ist das gesamte Oevre dieser Frau eine einzige Verherrlichung der gleichgeschlechtlichen Liebe. Nur das ist für den Uneingeweihten kaum zu entdecken. Die entsprechenden Texte sind alle mit einer Tarnkappe versehen. Da werden kaum nachvollziehbare Vergleiche angestellt, da werden Metaphern verwendet, deren homoerotischer Hintergrund sich nur wenigen erschlossen haben dürfte, da gibt es Episoden, deren Liebeshintergrund eigentlich nur von zwei Personen entschlüsselt werden kann: von der Stein selbst und von Alice Toklas.

Wozu diese Maskerade, die in der letzten Konsequenz zu einem rezeptorischen Zustand führte, der die Leserschaft auf eine handvoll Leute reduzierte? Brauchte die Stein kein Lesepublikum, begnügte sie sich damit, daß wenigstens eine sie verstand, die Toklas?

Sicher mag selbst dieser radikale Standpunkt in ihrem Schaffen eine Rolle gespielt haben. Sie wollte nicht von jedermann verstanden und schon gar nicht von denen mißverstanden werden, die lesbische Existenz für verdächtig hielten. Lieber begab sich die Stein in ein publizistisches Nichts, lieber verzichtete sie auf Leserschaft.

Vor allem hatte dieses Verschleierungsverfahren einen ganz praktischen Grund: Gertrude Stein fürchtete jede Zensur. Sie war sich bewußt, daß Frankreichs Offizielle noch voller kleinbürgerlicher Vorurteile gegenüber der homosexuellen Liebe waren. Sie wollte aus diesem Grund ihrem Werk den Weg in die Öffentlichkeit nicht verbauen und verbaute – tragischer Irrtum! – gerade dadurch ihren Texten den Weg zu einer breiteren Publizität.

»Frauen tun nichts, was abstoßend ist«

Nur Hemingway scheint sie relativ reinen Wein eingeschenkt zu haben. Denn der gibt in seinem autobiographischen Roman »Paris – Ein Fest des Lebens« ein Gespräch mit der Stein wieder, in dem sie ohne Umschweife auf die Homosexualität eingeht und in dem sie eine Unterscheidung zwischen schwul und lesbisch macht, die allerdings nicht zu akzeptieren ist. Aber die Fähigkeit zur Verallgemeinerung, zu einer »klassischen Überhöhung« eines Problems – das eben war nicht die starke Seite der Stein. Hemingway schreibt:

»Ich trank noch einen Schluck eau de vie und blickte auf Picassos Akt von dem Mädchen mit dem Blumenkorb. Ich hatte diese Unterhaltung nicht begonnen und fand, daß sie ein bißchen gefährlich geworden war. Es gab beinahe nie Pausen in einer Unterhaltung mit Miss Stein, aber jetzt schwiegen wir, und da war etwas, was sie mir sagen wollte, und ich füllte mein Glas.

›Sie wissen eigentlich von alledem gar nichts, Hemingway‹, sagte sie. ›Sie haben berüchtigte Verbrecher und kranke Leute und lasterhafte Leute kennengelernt. Das wesentliche ist, daß der Geschlechtsakt, den männliche Homosexuelle begehen, häßlich und abstoßend ist, und danach ekeln sie sich vor sich selbst. Sie trinken und nehmen Rauschgifte, um darüber hinwegzukommen, aber sie ekeln sich vor dem Akt, wechseln immerfort ihre Partner und können nicht wirklich glücklich sein... Bei Frauen ist es das Gegenteil. Sie tun nichts, was sie anekelt, und nichts, was abstoßend ist, und danach sind sie glücklich und können ein glückliches Leben zusammen führen.«

»Ein glückliches Leben zusammen führen« – das klingt wie ein Motto, das über dieser achtunddreißigjährigen, fast konventionell wirkenden »Ehe« dieser beiden Frauen steht. Ob ein solches Leben in Finsterwalde, Wolfenbüttel oder einer Kleinstadt in Amerikas mittlerem Westen möglich gewesen wäre, muß bezweifelt werden. Aber eine Stadt wie Paris war so unübersichtlich, daß in ihr Toleranz gedeihen konnte. Die Beziehung Stein-Toklas scheint zu belegen, daß die vielbeschriene »Sünde« der gleichgeschlechtlichen Liebe nicht durch die entsteht, die sie begehen, sondern vielmehr durch jene, die sie mit ihrem Bannfluch belegen.

Noch schamvoll ins Rembrandtsche Hell-Dunkel gehüllt: lesbische Liebe. Daguerreotype, 1855

Kaiserreich und Republik – Die Windungen eines Paragraphen

Sankta Justizia in Verlegenheit

Deutschland hatte im Krieg von 1870/71 Frankreich besiegt. Die hohen Reparationssummen, die in die Kasse des neugegründeten Reiches floßen, ließen die deutsche Industrie mit ungeahntem Tempo anwachsen – und das deutsche Selbstbewußtsein dazu. Allenthalben war vom Volk auf dem Wege seiner wirtschaftlichen und moralischen Gesundung die Rede. Gerade was letztere anlangte, war man zum Äußersten entschlossen. Die Homosexuellen mußten hinter Gitter, selbst dort, wo – wie zum Beispiel in Bayern – sie bislang keine Strafe zu fürchten gehabt hatten. Der Paragraph 175 mit seinen dehn- und umdeutbaren Formulierungen begann seine unheilvolle Rolle zu spielen. In der juristischen Theorie, sofern sie sich in Strafgesetzparagraphen niederschlug, schien alles klar. Die gerichtliche Praxis freilich hatte mit beträchtlichen Schwierigkeiten zu kämpfen. Was war zum Beispiel eine »beischlafähnliche Handlung« und wie unterschied sie sich von einer »beischlafgleichen«? Wie konnte man etwas be- und verurteilen, was sich zwischen zwei Menschen in aller Abgeschiedenheit und im gegenseitigen Einvernehmen vollzog? Konnte ein Richter das Gegenteil beweisen, wenn zwei »Angeklagte« behaupteten, sie hätten zwar zusammen nackt im Bett gelegen, sich dabei aber nur tief in die Augen gesehen?

Doch die Regierung wollte diese Schwierigkeiten nicht sehen, hielt stur an ihrer überholten Jurisdiktion fest und ließ amtlich verkünden: »Das Rechtsbewußtsein im Volke beurteilt diese Handlungen nicht nur als Laster, sondern als Verbrechen, und der Gesetzgeber wird billig Gedanken tragen müssen, diesen Rechtsanschauungen entgegen Handlungen für straffrei zu erklären, die in der öffentlichen Meinung als strafwürdig gelten.«

Gegen solchen blinden Konservatismus wurde der Widerstand immer größer. Selbst solche prominenten Mediziner wie Rudolf Virchow und Bernhard Langenbeck forderten in der ehrwürdigen »Königlich-wissenschaftlichen Deputation für das Medizinalwesen« die Straflosigkeit der einfachen Homosexualität.

1897 gründete der Psychiater Magnus Hirschfeld das »Wissenschaftlich-humanitäre Komitee«, das sich zum Ziel setzte, die Öffentlichkeit über die Homosexualität zu informieren und für die Abschaffung des Paragraphen 175 einzutreten. Zu diesem Zweck leitete Hirschfeld dem Deutschen Reichstag im gleichen Jahr eine Petition zu, die immerhin an die 4000 Unterschriften von Ärzten, Lehrern, Professoren und Künstlern enthielt. Durch August Bebels Engagement kam sie auch zur Debatte im Plenum des Hohen Hauses, allerdings ohne Erfolg.

Die Liebenberger Tafelrunde

Sogar der Kaiser wurde in die Turbulenzen mit hineingezogen. Zu Wilhelms II. engsten Beratern gehörte Philipp Fürst zu Eulenburg. Oft waren Majestät zu Gast auf dessen Schloß Liebenberg. Der Kaiser mochte an seine berühmten Vorfahren erinnert sein, wenn er dort gemeinsam mit geistvollen Männern tafelte und bei diesen Gelegenheiten mit ihnen debattierte, philosophierte und politisierte – manchmal sogar gegen die offizielle Regierungspolitik.

Doch die Sache hatte einen Nachteil: nicht wenige Mitglieder der Liebenberger Tafelrunde sollen homosexuell gewesen sein. Der ums Leben gekommene bayrische König war schwul gewesen, und der deutsche Kaiser trifft sich mit Schwulen auf dem Schloß seines engsten Beraters! Die Reaktion sah Sodoms Schwefelteppich sich über Germanien senken.

Da kam es manchem Konservativen schon recht, daß 1907 der Schriftsteller und Journalist Maximilian Harden ans Licht der Öffentlichkeit brachte, worauf sich der Kaiser auf Schloß Liebenberg einzulassen pflegte. Eulenburgs Privatleben und das seiner Freunde gerieten ins Feuer der Kritik, Prozesse fanden statt, die alle zu Gunsten der beweisbaren Behauptungen Hardens ausgingen. Die Liebenberger Tafelrunde wurde aufgelöst, der Kaiser beeilte sich zu versichern, daß er von den sexuellen Neigungen seiner Günstlinge nicht die geringste Ahnung gehabt habe.

Rupfer und Gerupfte

Im Grunde genommen war das, was Harden trieb, nichts anderes als eine mit juristischen Mitteln inszenierte politische Erpressung. Denn es ging natürlich in erster Linie um die politische Ausschaltung von bestimmten Personen und weit weniger um deren sexuelle Veranlagung.

Das war überhaupt eine der bedrohlichsten Nebenwirkungen des Paragraphen 175: Die Kriminalisierung der Homosexualität schuf eine ganze Armee von Erpressern. Auf diesem schmutzigen Gebiet fanden die eigentlichen Verbrechen statt. In seinem Buch über die »Männliche Prostitution« zitiert Hans Ostwald einen dieser Erpresserbriefe:

Wegen homosexueller Verdächtigungen zerbrach seine glanzvolle Karriere im deutschen Kaiserreich: Fürst Philipp zu Eulenburg. Foto, um 1880

»Werter Herr!
Da ich augenblicklich in Verlegenheit bin, wende ich mich an Sie. Senden Sie mir gütigst bis Sonntag, 25. Juni, morgens 8 Uhr M. 300.- unter Chiffre H. B. 17 an das Postamt auf der Dorotheenstraße (Amt 7) und zwar in unauffälligen geschlossenen Kuverts frankiert. Sollten Sie nicht gewillt sein, mir auszuhelfen, so hat am Montag die Staatsanwaltschaft eine Anzeige wegen Verbrechens gegen § 175 des Strafgesetzbuches in 17 einzelnen namhaft gemachten Fällen in Händen. Als Gegenleistung verspreche ich Stillschweigen und verpflichte mich auch, von meinem Wissen weder gegen Sie noch gegen einen dritten Gebrauch zu machen. Mit der Hoffnung, daß Sie auf meine Bitte eingehen werden, möchte ich Sie darauf hinweisen, daß eine Weigerung Ihrerseits für Sie lange Freiheitsstrafe und Verlust Ihrer ganzen Existenz bedeutet, während selbst wenn ich wegen Erpressung bestraft werden sollte, mir kein Abbruch geschieht, da ich sowieso ruiniert bin, wenn ich bis Sonntag die 300 Mk. nicht habe.
H. B. 17«

Man nannte die Erpresser damals »Chanteure« oder auch »Rupfer«. Sie bildeten eine regelrechte kriminelle Garde, die auf alle Jagd machte, die auch nur im Verdacht standen, homosexuell zu sein. Ulrichs berichtete, daß etwa 24 »Rupfer« von einem reichen Schwulen während mehrerer Jahre einen Betrag von 242 000 Mark erpreßt haben. Der absuldeste Fall jedoch wurde von Hirschfeld dokumentiert: Ein »Chanteur« erpreßte einen Homosexuellen über Jahre. Schließlich starben beide – und die Erben des Opfers zahlten noch 35 Jahre lang »Schweigegeld« an die Erben des Täters.

Die offizielle Stimmung in Deutschland war derart antihomosexuell, daß die allerwenigsten der Betroffenen Anzeige gegen die Erpresser erstatteten. Der preußische Innenminister Freiherr von Hammerstein findet dafür eine recht unzutreffende Erklärung: »In den allermeisten Fällen hindert ein ganz ungewöhnliches Schamgefühl denjenigen, der derartigen Erpressungen erlegen ist, die Sache vor Gericht zu bringen; er wird bis aufs Blut gequält, bis eine Katastrophe seinem Leben ein Ende macht, wobei nachher niemand weiß, was der Grund gewesen ist.«
Der Innenminister irrte, es war weniger ein »Schamgefühl«, das die Opfer vor einer Anzeige zurückschrecken ließ, es war vielmehr das Wissen darüber, daß die eigene Existenz mit Sicherheit vollständig vernichtet wäre, würde die Sache vor die Öffentlichkeit kommen.

Die Statistik des Selbstmordes

In der Tat blieb in vielen Fällen für die Gedemütigten nur noch der Selbstmord als Ausweg. Hier ist die tragische Statistik ihres Leidens:

Zahl der vor 1914 erfaßten und für die Statistik herangezogenen Homosexuellen	10 000
Selbstmordgedanken wegen eines befürchteten oder bereits eingeleiteten Strafverfahrens	5 100 = 51%
Zahl der unternommenen Selbstmordversuche	2 500 = 25%
Zahl der Selbstmordversuche wegen Erpressung	1 400 = 14%
Zahl der Selbstmordversuche wegen Konflikten mit der Familie	800 = 8%
Zahl der Selbstmordversuche wegen »Impotenz dem weiblichen Geschlecht gegenüber«	200 = 2%
Selbstmordversuche mit tödlichem Ausgang	300 = 3%
doppelter Selbstmordversuch mit tödlichem Ausgang (homosexuelle Paare)	60 = 0,6%

Die Geburt einer Subkultur

Es gab nur wenige, die den Mut besaßen, sich unter diesen sozialen Oppressionen öffentlich zu ihrer sexuellen Veranlagung zu bekennen. Aber gerade sie haben für die weitere Entwicklung eine wichtige Rolle gespielt. Denn ihnen war es zu danken, daß zum Beispiel im kaiserlichen Berlin eine »Szene« entstand, ein subkulturelles Eigenleben der Homosexuellen, an das in früheren Zeiten nicht zu denken gewesen war. In seinem berühmt gewordenen Buch »Berlins Drittes Geschlecht« zählt Magnus Hirschfeld die verschiedenartigsten Begegnungsstätten für homosexuell veranlagte Männer und Frauen auf. Da gab es »hochelegant ausgestattete Bars« und »kleinbürgerliche Kneipen, wo das Glas Bier 10 Pfennige kostete«. In den meisten dieser homosexuellen Restaurants waren Wirt, Kellner und der obligatorische Klavierspieler selbst homosexuell. Diese Entwicklung erstreckte sich nicht nur auf Berlin, alle großen deutsche Städte, wo die für die schwul-lesbische Subkultur unentbehrliche Anonymität herrschte, wurden von ihr erfaßt.

Die homoerotische Subkultur der Kaiserzeit ertreckte sich keineswegs nur auf geselliges Beisammensein in diversen Lokalen. Es gab außerdem zahlreiche intelektuelle Zirkel, in denen es ausschließlich um Auseinandersetzungen mit der Geschichte und mit Problemen der Zeit ging. Hischfeld schilderte sehr anschaulich einen solchen Zirkel:

Pseudo-lesbische Schaubilder auf den Varieté-Bühnen der Weimarer Republik. Die wirklich betroffenen Frauen wußten es anders – und besser. »Lebende Bilder« im Berliner Kabarett »Die weiße Maus«. Foto, 1927

»Ein alter Berliner Privatgelehrter sammelte jeden Winter mehrere Male einen kleinen Kreis um sich in seinem künstlerisch ausgestatteten Heim. Es waren meist zehn bis zwölf Herren aus akademischen Ständen zugegen, von denen nur zwei bis drei nicht homosexuell waren. Der Alte, welcher seine Gäste mit schweren Südweinen, Austern, Hummern und ähnlichen Leckerbissen bewirtete, hatte noch Alexander von Humboldt und Iffland gekannt, war mit Hermann Hendrichs und Karl Ulrichs befreundet gewesen und schien unerschöpflich in der Wiedergabe seiner Erinnerungen.

Die Gespräche berührten fast ausschließlich das homosexuelle Problem. Da debattierte ein jüngerer katholischer Geistlicher mit einem ergrauten evangelischen Pfarrer über Uranismus und Christentum, mehrere Philologen stritten sich über Shakespeares Sonette, während die Juristen und Mediziner die Frage erörterten, inwieweit sich der § 51 des E.-St.-G.-B. [Reichsstrafgesetzbuch], welcher von dem Ausschluß der freien Willensbestimmung handelt, schon jetzt zu Gunsten der Homosexuellen verwenden ließe.«

Schon diese Schilderung beweist, wie liberal es in dieser Szene zuging. Dieser Umstand allerdings hängt auch mit der internationalen Entwicklung in der Homosexuellen-Frage zusammen.

Den Unterschied, wie mit der männlichen und den weiblichen Homosexuellen im ausgehenden 19. Jahrhundert umgegangen wurde, machte die patriarchalische Struktur der europäischen und amerikanischen Gesellschaft besonders deutlich. Der Schwule, wenn er seine »abartige Neigung« nur geschickt genug verbarg, konnte Karriere machen wie jeder andere »normale« Mann – und viele von ihnen haben es im Bereich der Wirtschaft, der Kultur und der Politik sehr weit gebracht.

Bei der Lesbe jedoch war das anders. Sie war einer doppelten Diskriminierung ausgesetzt, der wegen ihrer erotischen Disposition und der wegen ihrer Geschlechtszugehörigkeit. So ist zu verstehen, daß homosexuelle Frauen in der sich entwickelnden Frauenbewegung eine wichtige Rolle spielten, weil sie mit Recht der Meinung waren, daß die sexuelle Befreiung nur eine Folge der sozialen sein könne, daß ihre homoerotischen Neigungen Gleichberechtigung nur finden konnten, wenn die gesellschaftliche, die politische und bildunsgmäßige Gleichstellung ihres gesamten Geschlechts eingeklagt wurde.

Der patristisch dominierte Staat fühlte sich provoziert und reagierte mit entsprechenden Verleumdungen. Die wichtigste bestand in der durch nichts zu beweisenden Behauptung, daß die Frauenbewegung letztendlich eine Lesbenbewegung sei, daß sie von »Mannweibern« dominiert würde, von sexuellen Amazonen der Gleichgeschlechtlichkeit. Das war zwar eine plumpe Lüge, denn in jeder Frauenbewegung gab es natürlich auch heterosexuelle Frauen, die mit Lesbianismus nicht das geringste im Sinn hatten. Doch die prätentiösen Unwahrheiten verfehlten ihre Wirkung nicht.

So erlebte das Bild der »bösen Lesbe« zum Jahrhundertende eine vehemente Renaissance. Der italienische Psychopathologe Cesare Lombroso verkündete: »Die Frau ist dem Manne gegenüber infantil.« Nach dem deutschen Philosophen Eduard von Hartmann »gelangt das weibliche Geschlecht im ganzen sehr viel schwerer als der Mann zur sittlichen Reife des Charakters«. Und: »Der Mangel an Rechtlichkeit und Gerechtigkeit macht das weibliche Geschlecht als Ganzes zu einem moralischen Parasiten des Mannes.« Wenn das »weibliche Geschlecht als Ganzes« schon so schlimm war, wie schlimm mußten dann erst die Lesben sein?

August Strindberg hatte darauf eine Antwort. In seinem autobiographischen Roman »Die Beichte eines Toren« beschimpfte er seine erste Frau Siri von Essen abwechselnd als »Lesbe« und als »schamlose Hure«. Ausführlich beschreibt er, wie Siri ein Dienstmädchen verführt, nachdem sie es sich mit Alkohol gefügig gemacht hatte. Strindberg beobachtet die Szene durchs Schlüsseloch. Siri wirft »gierige Blicke auf die wohlentwickelten Brüste ihrer Freundin. Dann legt sie den Kopf auf die Brust des Mädchens, faßt sie um die Taille und sagt zu ihr: ›Meine kleine Freundin! Küss mich!‹« Strindberg geht in seinem Haß soweit, daß er seine Frau des Mißbrauchs von Kindern beschuldigte. In der Schweiz wird ein vierzehnjähriges Mädchen Siris Opfer, in Deutschland verführt sie auf einer Party halbbetrunken ein vierzehn- und ein fünfzehnjähriges Mädchen. Sie verschlingt »diese mit lüsternen Blicken und [küßt] sie mit diesem weitoffenen Pferdemaul, das ich von der bereits erwähnten Gelegenheit wiedererkenne, als sie lesbische Lieder sang«.

»Die Beichte eines Toren« erschien 1887 auf französisch, 1893 auf deutsch und 1915 auf schwedisch. Sie fand überall ihr Lesepublikum. Wie mag es den braven Bürgern angst und bange geworden sein vor diesem »Untier« von Lesbe und wie mögen sie flehentlich gehofft haben, daß ihre Töchter nicht in die Fänge dieser Frauen gerieten.

Zur gleichen Zeit wurden die USA von einer ganz ähnlichen Hysterie geplagt. 1892 hatte die offenkundig geisteskranke Alice Mitchell ihre Geliebte Freda Ward ermordet, weil sie angeblich nicht wollte, daß das Mädchen später von einer anderen oder einem anderen besessen würde. Der Fall erregte die Öffentlichkeit über alle Maßen, die Mitchell wurde verurteilt, und die amerikanischen Autoren machten sich daran, das Motiv der lesbischen Mörderin oder zumindest der lesbischen Bösen literarisch zu verarbeiten. Bereits drei Jahre nach dem Mord erschien Mary Wilkins Freemans Kurzgeschichte »The Long Arm«, in der die lesbische Phoebe den alternden Brautwerber ihrer Freundin umbringt, weil auch sie will, daß die Partnerin von keinem anderen besessen wird.

Im gleichen Jahr wurde Mary Hatchs Roman »Das seltsame Verschwinden der Eugene Comstock« publiziert. In ihm läßt die Autorin ihre lesbische, sehr bösartige Heldin gestehen, daß sie als junge Frau von Amerika nach Paris gegangen war und »sich in die wilden Exzesse dieser fröhlichen Hauptstadt warf«.

Zumindest in dem letzten Punkt war die Beobachtung richtig. In der Tat bildeten sich in Paris der Jahrhundertwende lesbische Geheimbünde, in denen es sehr orgiastisch zugegangen sein soll.

Kam die große Freiheit nach dem großen Krieg?

Nach dem Ersten Weltkrieg sah vieles anders aus: Deutschland war in der internationalen Völkergemeinschaft geächtet, die europäische Wirtschaft lag am Boden, bald noch zusätzlich geschwächt durch eine weltumspannende Krise. Aus dem deutschen Kaiserreich war eine Republik geworden, aus manchem Monarchisten ein Demokrat. Was das große Völkerschlachten aber nicht hatte ändern können – das war der Paragraph 175. Er schien von juristischer Unsterblichkeit zu sein.

Dennoch hatte sich in der Öffentlichkeit, was die Homosexuellen-Frage anlangte, einiges verändert. »Die großen Umwälzungen der letzten Wochen können wir von unserem Standpunkt aus nur freudig begrüßen,« schrieb Hirschfelds »Wissenschaftlich-humanitäres Komitee« in einer Neujahrsbotschaft auf das Jahr 1919. Die Hoffnungen, die in diesen Worten mitschwingen, schienen begründet. Es entstanden in vielen Städten »Freundschaftsvereine« für Homosexuelle. 1922 wurde der »Bund für Menschenrechte« gegründet, dessen Vorsitzender, der Verleger Friedrich Radszuweit, zahlreiche Zeitschriften für homosexuelle Frauen und Männer herausgab. (Zum Beispiel erschien »Die Insel« mit der erstaunlichen Auflagen von bis zu

Noch in den Startlöchern ihres Siegeszuges nahm sich die junge Fotografie der »Frauenliebe« an. Die Gesten sind bei den beteiligten Damen gleichermaßen gekünstelt wie die der Statue im Hintergrund. Foto, um 1880

150 000 Exemplaren. Andere Zeitschriften für Homosexuelle waren zum Beispiel »Die Freundin«, »Der Eigene«, »Die Freundschaft«, »Uranos«, »Fanfare«.) Schon in der Gründungsversammlung des »Bundes für Menschenrechte« wurden die politischen Ziele der Vereinigung formuliert: Kampf gegen die gesellschaftliche Diskriminierung der Homosexuellen, Kampf gegen Erpresser, Eintreten für kostenlosen Rechtsbeistand in Nötigungsfäl-

len und natürlich Kampf gegen den Paragraphen 175. Der Bund zählte bald 48 000 Mitglieder beiderlei Geschlechts.
Trotz dieser erstaunlichen Bewegung gegen ihn blieb der Paragraph 175 bestehen. Der Widerstand wurde darum um so heftiger. Dieser kam nicht mehr nur von den Homosexuellen-Vereinen, von liberalen Rechtswissenschaftlern und Medizinern, sondern in zunehmenden Maße auch von Schriftstellern. Worum es den Autoren in erster Linie ging, war, Homosexuelle in ihren sozialen Befreiungsversuchen zu zeigen, mochten sie noch so unbeholfen und schüchtern sein.

Übungen, den aufrechten Gang betreffend

Nicht länger stand der Schwule im Mittelpunkt, der sein »Schicksal« erduldete, der es ergeben hinnahm und sich dafür erpressen ließ. Interesse fand vielmehr der Mann, der eine Art – wie man heute sagen würde – Coming out riskierte und der in der Öffentlichkeit seinen Platz suchte. Selbst wenn die Autoren das Scheitern dieser Gehversuche und ihrer Helden schilderten, lag darin ein realistischer Bezug zur Wirklichkeit, denn die Öffentlichkeit war nach wie vor gegen die gleichgeschlechtliche Liebe ein- und voreingenommen und wurde darin noch von der neuen demokratischen Obrigkeit unterstützt.
Bemerkenswert ist in diesem Zusammenhang die Novelle »Verwirrung der Gefühle« von Stefan Zweig. Der Autor schildert hier das Schicksal eines homosexuellen Literaturprofessors, der ein demütigendes Doppelleben führt: Er ist verheiratet und »gönnt« sich gelegentlich einen Jüngling in der Bar einer nahegelegenen Großstadt. Schließlich kommt es zu einer Begegnung mit einem seiner Studenten, der seinen Lehrer verehrt und der ihn ermuntert, das längst geplante Werk über Shakespeare mit seiner Assistenz zu schreiben. Im Laufe der Zusammenarbeit freilich stellt sich heraus, das der Jüngere den Älteren als Gelehrten einmalig findet, dessen Liebe aber nicht teilt. Enttäuscht kehrt der Professor zu seinem stumpfsinnigen Doppelleben zurück.
Die Fabel wirkt auf den ersten Blick wie eine erneute literarische Verarbeitung eines Verzichtmodells. Zweig aber läßt in seiner Darstellung keinen Zweifel an seiner Überzeugung, daß dieser homosexuelle Gelehrte bedeutende Leistungen hätte hervorbringen und welch hohes Maß an Selbstverwirklichung er hätte erreichen können, wenn ihm eine aufrichtige Liebe begegnet wäre. In der Gestalt des Professors zeichnen sich schon die Konturen jener hervorragenden Persönlichkeiten ab, die gleichgeschlechtlich liebende Männer und Frauen zu sein vermögen, wenn sie erst einmal ihre gesellschaftliche Akzeptanz erstritten haben.
Die Selbstbefreiungsversuche der Homosexuellen, die nach dem Ersten Weltkrieg in ganz Europa zu beobachten waren, hatten teilweise problematische Folgen für die Betroffenen. Da sie offiziell noch immer nicht als gleichberechtigt anerkannt waren, wurden viele in ein gesellschaftliches Milieu getrieben, in das sie gar nicht gehör-

Titelbild des »Eigenen«, eines der ersten Schwulen-magazine im kaiserlichen Deutschland. Titelgestaltung nach einem Relief von Ernst Jaeger-Corvus.

ten. Die Schwulen und Lesben suchten sich bei ihren Übungen des aufrechten Gangs Verbündete, die sich ebenfalls am Rande oder schon außerhalb der Legalität befanden. Es kam so vielerorts zu einer anachronistischen Allianz zwischen Halbwelt und Homosexualität. Die gleichgeschlechtlich Liebenden kamen auf diese Weise in die Nähe von Leuten, die aus völlig anderen Gründen Außenseiter waren, in die Nähe von Kriminellen. Sie erhielten den Platz, den ihnen die Konservativen ohnehin schon zugewiesen hatten. Auch dieser Vorgang wurde von homosexuellen Schriftstellern vielfach thematisiert, so von Klaus Mann in »Der fromme Tanz«, von John Henry Mackay in »Der Puppenjunge«, von Arnold Bronnen in »Septembernovelle« und von Hans Henny Jahnn in »Perrudja«.

Dieses Halbdunkel der Illegalität, in das viele Homosexuelle gerieten, gestaltet René Crevel, der einzige unter den französischen Surrealisten, der sich offen zu seiner Homosexualität bekannte, in seinem Gedicht »Nacht«:

> »Es ist die Stunde der schlimmen Jungen,
> die Stunde der schlimmen Straßenjungen.
> Zwei große Augen der Dunkelheit in der Nacht
> wären für mich so süß, so süß.
> Gefangener der traurigen Zeiten
> bin ich allein, ein schönes Verbrechen ihm
> dort unten, dort unten am Horizont
> irgendeine Schlange vielleicht erstarrt vor Nicht-Lieben.«

Diese Flucht ins Dunkel fragwürdiger Kaschemmen, diese Hinwendung zum Taschendieb, zum Strichjungen war natürlich mehr ein Akt des Trotzes, mehr Selbstbehauptung als Befreiung. Es schien aber noch einen anderen Fluchtweg zu geben, den in die schöpferische Arbeit. Kein geringerer als Thomas Mann hat den Versuch unternommen, ihn nicht nur zu proklamieren, sondern auch vorzuleben.

Das Lebensmodell des Thomas Mann

Thomas Mann hat seine homoerotische Disposition stets vor der Öffentlichkeit verborgen und ihr stattdessen einen Modellfall bürgerlicher Normalität vorgeführt. Mit dreißig Jahren heiratete er die selbstbewußte, kluge und gutaussehende Katja Pringsheim, gründete mit ihr eine große, kinderreiche Familie und gab sich während des Ersten Weltkrieges deutschnational. Er war in jeder Hinsicht der hochrespektable Autor der »Buddenbrooks«, die ihn bei ihrem Erscheinen 1901 mit einem Schlage berühmt gemacht hatten.

Zehn Jahre später reiste er mit seiner Frau nach Venedig. Im Hotel sah er einen jungen Polen, dessen Schönheit ihn sofort gefangennahm. »Was damals hinzukam, war ein persönlich-lyrisches Reiseerlebnis, das mich bestimmte, die Dinge durch Ein-

führung des Motivs der ›Verbotenen‹ Liebe auf die Spitze zu stellen...«, bekennt er später in einem Brief aus dem Jahre 1920.
Die Rede ist von »Der Tod in Venedig«, einer der wichtigsten epischen Arbeiten im Gesamtwerk Thomas Manns. Die Hauptfigur ist Gustav von Aschenbach, »der Dichter all derer, die am Rande der Erschöpfung arbeiten, der Überbürdeten, schon Aufgeriebenen«. Der Mann will sich in Venedig erholen und stürzt stattdessen ins Chaos seiner unterdrückten, homoerotischen Gefühle. Alles was durch schöpferische Arbeit sublimiert zu sein schien – und hierin treffen sich Autor und Kunstfigur –, ist nun vergessen, das bisher für tragfähig gehaltene Lebensmodell zerbricht, das Gefühl der Leidenschaft für den schönen Tadzido setzt den Verstand außer Kraft.

Treffpunkt für männliche Homosexuelle, um weitgehend anonyme Bekanntschaften zu machen: die Pissoires aus der Kaiserzeit, unter Insidern auch »Klappen« genannt

Das tragische Ende trifft aber eben nur auf die literarische Figur zu und nicht auf ihren Schöpfer. So wie Goethe, indem er den »Werther« schrieb, seine eigene unglückliche Liebe überwand, ohne das Todesschicksal seines Helden zu teilen, so befreite sich auch Thomas Mann in seiner Erzählung von den Anfechtungen, denen er sich durch die Begegnung mit dem jungen Polen ausgesetzt sah.

Die Augenblicke illusionären Glücks

Doch die Anfechtungen sollten auch im Leben Thomas Manns wiederkehren. 1927 lernt er auf Sylt den 17jährigen Sohn eines Düsseldorfer Kunstprofessors kennen, verliebt sich in ihn und wird fünf Jahre später darüber in sein Tagebuch schreiben: »Nun ja – gelebt und geliebet. Schwarze Augen, die Tränen vergossen für mich, geliebte Lippen, die ich küßte – es war da, auch ich hatte es, ich werd es mir sagen können, wenn ich sterbe.« Das klingt fast nach Lebensbereicherung durch eine homoerotische Episode. Doch der Gedanke ist niedergelegt im Intimbereich eines Tagebuchs. Gegenüber seinen Briefpartnern bezeichnet er Homosexualität als Augenblicke eines illusionären Glücks und lobt die bürgerliche Ehe als alleiniges Fundament der Zivilisation.

Das bedeutete freilich nicht, daß Thomas Mann die Strafwürdigkeit der Homosexualität, wie sie im Paragraphen 175 niedergelget war, nicht für unzeitgemäß und töricht gehalten hätte. Und in desem Punkt bekennt er sich schließlich 1930 auch öffentlich in einer Zeitschrift für gleichgeschlechtliche Liebe: »Das Wissen vom Menschen, seinem Körper und seiner Seele, die Sexualwissenschaft im besonderen, haben in den letzten zehn oder fünfzehn Jahren zu bedeutende, aufklärende und befreiende Fortschritte gemacht, als daß eine solche Plumpheit von Gesetzesbestimmung wie der § 175 mit seinem unwissend moralistischen Begriffsgeschwätz von ›widernatürlicher Unzucht‹ noch für möglich gehalten werden sollte... Geschlechtliche Zärtlichkeiten, die zwei erwachsene Menschen miteinander tauschen, und zwar auf Grund einer Gefühlsanlage, die so alt ist wie das Menschengeschlecht, die oft genug mit höchster persönlicher Kulturwertigkeit, mit Genie verbunden war und der man den Großteil aller antiker Bildnerei und Lyrik, das Mediceer-Grabmahl, die Venezianischen Sonette, die Symphonie Pathétique und der Himmel weiß noch was verdankt, in ungebildeter und taktloser Weise zu bespitzeln, solche ›Handlungen‹, die ihn [den Staat] nicht das geringste angehen, mit Gefängnisstrafe zu bedrohen und so dem Erpressertum, das ihm doch auch wieder nicht recht ist, gute Tage zu bereiten – ist eine linkische Art, wie mir scheint, seinen Sinn fürs Sittliche zu erweisen. – Der Paragraph muß fallen.«

Er fiel nicht. Wenn Thomas Mann in seiner Argumentation vor allem auf die kulturellen Leistungen von Homosexuellen in der Vergangenheit verweist, so scheint es, als ob er ahnte, daß drei Jahre später in Deutschland, die Unkultur die staatliche Macht ergreifen und aus ihr ein Gewaltregime – auch gegen die Homosexuellen – errichten wird.

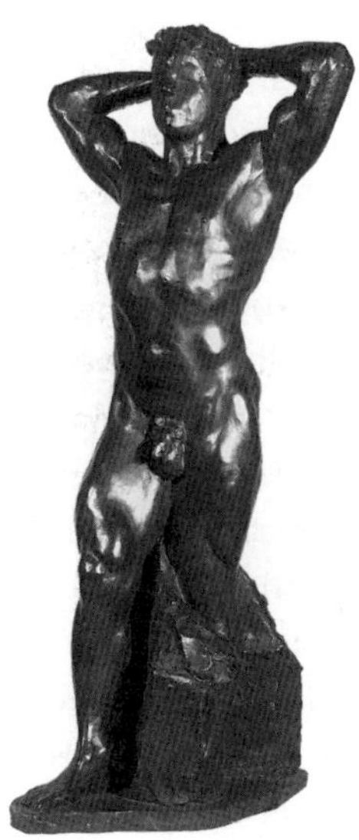

Ein rosa Winkel: Faschismus und Homosexualität

Die Zeit der relativen Liberalität geht zu Ende

Als 1933 die Nationalsozialisten die Macht übernahmen und Adolf Hitler Reichskanzler wurde, mußten sich die Betroffenen darüber im Klaren sein, daß die strafrechtliche Verfolgung der männlichen Homosexualität und die soziale Diskriminierung der weiblichen an Schärfe zunehmen wird.

Die Jahre der Weimarer Republik (1918–1933) hatten eine gewisse Liberalisierung im Umgang mit gleichgeschlechtlich Liebenden gebracht. Der berühmt berüchtigte Paragraph 175, der noch aus den Zeiten der Bismarckschen Reichsgründung stammte, blieb zwar nach wie vor in Kraft. Aber von seiner praktischen juristischen Anwendung wurde nur selten Gebrauch gemacht.

Im Schutze dieser vorsichtigen Duldung hatte sich in den großen Städten Deutschlands, vor allem in Berlin und Hamburg, eine homosexuelle Freizeitkultur entwickelt. Da konnte schon einmal eine Schwulen -und Lesbenzeitung erscheinen, ohne daß der Staatsanwalt gleich aktiv wurde. Begegnungen von Homosexuellen in bestimmten Lokalen fanden nicht gerade allgemeine Akzeptanz, sie wurden aber auch nicht zum gesellschaftlichen Skandal hochstilisiert. So hatte jedenfalls die Praxis ausgesehen. In der Theorie und in den Programmen der zahllosen Parteien stellten sich die Dinge ganz anders dar. Die einen wollten in diesem Punkt das Strafrecht gemildert, die anderen es verschärft sehen. Andere forderten einen staatlichen Zwang zur »Heilbehandlung« oder gar gerichtlich angeordnete Ge-

waltsterilisation. Die SPD erwog auf ihrem Parteitag 1927 in Kiel wiederum eine generelle Abschaffung des Paragraphen 175.
Letzteres brachte die Nazis auf den Plan. Im Reichstag wetterte, an die SPD gewandt, der spätere Reichsinnenminister Frick: »Einen Beitrag zur sittlichen Erneuerung des deutschen Volkes glaubte Ihr Parteitag in Kiel dadurch leisten zu wollen, daß er die Aufhebung des Paragraphen 175 und die Aufhebeung der Strafe für Ehebruch verlangt hat. Wir dagegen sind der Ansicht, daß diese Leute des Paragraphen 175 mit aller Schärfe verfolgt werden müssen, weil solche Laster zum Untergang des deutschen Volkes führen müssen.«
Der »Völkische Beobachter«, das offizielle Parteiorgan der NSDAP, ging sogar soweit, zu behaupten, in der Homosexualität bündelten sich »alle boshaften Triebe der Judenseele«. Hier wurden Juden und Homosexuelle in einen Stall gesperrt, in dem sie sich später auch tatsächlich wiederfanden: im Konzentrationslager.

Die Frau als »Zeugungsfaktor«

Die Faschisten gingen bei der Verfolgung der Homosexuellen etappenweise vor. Dabei machten sie deutliche Unterschiede zwischen Männern und Frauen. Die faschistische Ideologie war derart borniert patriarchalisch, daß sie meinte, daß gleichgeschlechtliche Beziehungen zwischen Frauen ihren Staat weit weniger bedrohen könnten als ähnliches zwischen Männern. So ließ noch 1942, als Schwule schon ins KZ deportiert wurden und an ihnen Zwangskastrationen vorgenommen wurden, das Reichsministerium für Justiz verlauten:
»Die gleichgeschlechtliche Betätigung zwischen Frauen ist – abgesehen von Dirnenkreisen – nicht so verbreitet wie bei Männern und *entzieht sich angesichts der innigeren Umgangsformen des gesellschaftlichen Verkehrs zwischen Frauen mehr der Beobachtung der Öffentlichkeit*. Die damit verbundene größere Schwierigkeit der Feststellung solcher Handlungen würde die Gefahr unberechtigter Anzeigen und Untersuchungen in sich tragen. Der wichtige Grund für die Strafbarkeit der Unzucht zwischen Männern, der in der Verfälschung des öffentlichen Lebens durch die Schaffung von persönlichen Abhängigkeitsverhältnissen liegt, trifft bei Frauen *wegen ihrer weniger maßgebenden Stellung in staatlichen und öffentlichen Ämtern* nicht zu. Endlich sind auch Frauen, die sich einem widernatürlichen Verkehr hingeben, nicht in dem Maße wie homosexuelle Männer für immer als Zeugungsfaktoren verloren, da sie sich erfahrungsgemäß oft später wieder einem normalen Verkehr zuwenden.« (Hervorhebungen G. F.)
Es gab allerdings auch Nazi-Juristen, die vehement für die Bestrafung lesbischer Frauen plädierten. Doch sie konnten sich nicht durchsetzen. Es liegen zwar Berichte vor, daß einzelne lesbische Frauen in KZ-Bordelle verschleppt und zu heterosexuellem Verkehr gezwungen wurden; die darin enthaltenen Fakten sind jedoch sehr ungenau und in einzelnen Fällen derart unstimmig, daß man deren Glaubwürdigkeit bezweifeln muß. Grundsätzlich kann man davon ausgehen, daß die weibliche Homosexualität in Hitlers »Drittem Reich« straffrei blieb. Umso radikaler war die Verfolgung der Männer.

Obwohl der Paragraph 175 weiter fortbestand, hatte sich vor allem in den Großstädten bereits während des Kaiserreichs eine homosexuelle Subkultur entwickelt. Doch nach 1933 wurden Lokale, in denen Frauen mit Frauen, Transvestiten mit Transvestiten, Männer mit Männern tanzen konnten, streng kontrolliert und verboten. Im Transvestitenlokal »Eldorado«. Foto, 1926

Die Reinrassezüchter

Bereits in »Mein Kampf« hatte Hitler erklärt: »Der völkische Staat muß die Rasse in den Mittelpunkt des allgemeinen Lebens setzen. Er hat für ihre Reinerhaltung zu sorgen... Er muß dafür Sorge tragen, daß nur, wer gesund ist, Kinder zeugt.« Wer aber, wie die Homosexuellen, überhaupt keine Kinder zeugen wollte, selbst wenn er arisch war, der mußte den faschistischen Reinrassezüchtern schon verdächtig erscheinen.

Wie in allen anderen ideologischen Fragen hatte auch in dieser der »Führer« Adolf Hitler in Form von ziemlich ahistorischen Meditationen die Richtung bestimmt: »Die Homosexualität hat das alte Griechenland zugrunde gerichtet. Ihre ansteckende Wirkung erstreckt sich mit der Sicherheit eines Naturgesetzes auf die besten und männlichsten Charaktere, wenn sie einmal grassiert. Sie schaltet gerade diejenigen von der Fortpflanzung aus, auf deren Nachkommen ein Volk angewiesen ist. Die unmittelbare Folge des Lasters aber ist, daß die widernatürliche Passion alsbald in den Staatsgeschäften dominiert, wenn man sie walten läßt.«

Also, folgerten die blindgläubigen Gefolgsleute, durfte man sie nicht walten lassen. Um den gewaltigen Verfolgungs- und Repressionsapparat möglichst schnell und effizient in Gang setzen zu können, mußte eine lebensbedrohliche »Gefahr« heraufbeschworen werden, die es in Wahrheit gar nicht gab. Himmler setzte sich an die Spitze der Gespenstermaler: »Als wir 1933 die Macht übernahmen, fanden wir auch die homosexuellen Vereine vor. Die eingetragenen Mitglieder betrugen zwei Millionen; die vorsichtigen Schätzungen der bearbeitenden Beamten gehen auf zwei bis vier Millionen Homosexuelle in Deutschland. Das bedeutet, wenn das so bleibt, daß unser Volk an dieser Seuche kaputtgeht.«

Erst machten die Nazis Jagd auf homosexuelles Schriftgut, dann auf die Homosexuellen selbst. Die SA plündert das Institut für Sexualwissenschaft. Foto, 6. Mai 1933

Es blieb nicht so, dafür sorgten schon Himmler und seine SS. Zunächst wurden in allen großen Städten Razzien durchgeführt, die sich besonders auf Lokale und Bars bezogen, die der Schwulenszene zugerechnet wurden. Deren Gäste mußten Abführungen über sich ergehen lassen, wurden stundenlang festgehalten und schließlich karteimäßig registriert. Allen homosexuellen Vereinigungen und Publikationen stand ein Verbot ins Haus, die Schwulentreffs wurden geschlossen. Zur Koordinierung der Aktionen wurde eine eigene Behörde geschaffen, die »Reichsstelle zur Bekämpfung der Homosexualität und Abtreibung«.

Parallel dazu wurde die Schaffung eines neuen Reichsstrafgesetzes betrieben. Da Hitler an diesem umfassenden Gesamtwerk kein sonderliches Interesse hatte, kam die Sache nur schleppend voran und wurde schließlich ganz eingestellt. Die Homosexualität jedoch war den Nazi-Juristen so wichtig, daß sie eine »Novellierung« des Paragraphen 175 aus dem alten Strafgesetzbuch durchsetzten, was letztlich auf eine Verschärfung hinauslief.

Diese erfolgte bereits im Juni 1935. Zunächst wurde der Begriff der »widernatürlichen Unzucht«, wie er in der alten Fassung des Paragraphen stand, durch »Unzucht« ersetzt. Diese Verallgemeinerung hatte zwangsläufig eine beträchtliche Erweiterung der Straftatbestände zur Folge. Schließlich erscheint eine völlig neue Bestimmung, der Paragraph 175 a. Er stellte den Mißbrauch der durch ein Dienst- und Arbeitsverhältnis begründeten Abhängigkeit, sexuelle Handlungen mit Jugendlichen unter 18 Jahren sowie homosexuelle Prostitution mit Zuchthaus bis zu 10 Jahren unter Strafe.

Waren die Erweiterung der Straftatbestände und die Erhöhung des Strafmaßes für die Betroffenen schon schlimm genug, der eigentliche Hinterhalt steckte in einem Grundsatzparagraphen. Da heißt es: »Bestraft wird, wer eine Tat begeht, die das Gesetz für strafbar erklärt oder die nach dem Grundgedanken eines Strafgesetzes und nach dem gesunden Volksempfinden Bestrafung verdient.«
Was war der »Grundgedanke eines Strafgesetzes« und was das »gesunde Volksempfinden«? Hier wurden verbindliche Rechtsnormen ausgehoben und durch nebulöse Allgemeinplätze ersetzt. Der Richter hatte sich nicht mehr an die Maxime »Ohne Gesetz keine Strafe« zu halten, sondern er konnte mit Hilfe eines »Grundgedankens« oder des »gesunden Volksempfindens« seine Urteile fällen.
Und das haben die Strafrichter bezogen auf die männlichen Homosexuellen in geradzu exzessiver Weise getan, was die nachstehende Tabelle beweist:

Statistik der nach Paragraph 175 Verurteilten und der wegen anderer Straftaten verurteilten Erwachsenen und Jugendlichen bis zum 18. Lebensjahr (nach Angaben des Statistischen Reichsamtes)

Vorbemerkung: Die Zahl der Verurteilungen wurde von den Zivilgerichten und den Militärgerichten getrennt erfaßt. So erklärt sich, daß die Zahlen im zivilerechtlichen Bereich ab 1940 zurückgehen. Die Gerichte der Wehrmacht haben 1954 Männer 1940, 2765 Männer 1941 nach Paragraph 175 verurteilt. Dadurch erhöht sich die Zahl in Spalte 2. Die Summe aus zivil- und militärgerichtlichen Bestrafungen wurde in Klammern angefügt.

Jahr	Verurteilte Erwachsene	Erwachsene § 175	Verurteilte Jugendliche	Jugendliche §175
1932	564 497	801	21 529	114
1933	489 090	853	15 938	104
1934	383 885	948	12 294	121
1935	431 426	2 106	17 038	257
1936	385 400	5 320	16 872	481
1937	438 493	8 271	24 562	973
1938	385 665	8 562	19 302	974
1939	335 162	8 274	17 444	689
1940	264 625	3 773 (5 727)	21 274	487
1941	318 293	3 759 (6 518)	37 853	687

Die Tabelle zeigt, daß die Zahl der allgemeinen Verurteilungen im dargestellten Zeitraum nicht ansteigt. Die Zahl der verurteilten homosexuellen Erwachsenen hat sich dagegen seit der Verschärfung des Paragraphen 175 von 1935 verdreifacht, die der verurteilten homosexuellen Jugendlichen ist um das 2,7fache gestiegen.

Um die Eskalation der Verfolgung vor einen historischen Hintergrund zu stellen, müssen die Zahlen der Verurteilungen nach Paragraph 175 aus dem deutschen Kaiserreich herangezogen werden:

1882: 390	1900: 655	1914: 490
1892: 567	1910: 560	1917: 131

In keinem Jahr der vorfaschistischen Rechtsgeschichte wurden soviele männliche Homosexuelle hinter Gitter gebracht wie in der Periode der Hitler-Diktatur. Dabei war der Gefängnisaufenthalt in vielen Fällen nicht einmal das schlimmste. Nach der Haftentlassung warteten auf die Verurteilten in aller Regel »Besserungs-« beziehungsweise »Umerziehungseinrichtungen«, und das hieß Konzentrationslager. Hier wurden die Homosexuellen mit einem rosa Dreieck markiert. Allein im KZ Buchenwald waren in den Kriegsjahren stets um die 200 Schwule interniert.

Hitler greift persönlich ein

Eine weitere dramatische Zuspitzung der Lage bewirkte das persönliche Eingreifen Hitlers. Dieser hatte sich im August 1941 zum Thema geäußert: »Insbesondere die Partei und ihre Gliederungen müssen gegen jeden Fall von Homosexualität, der sich in ihren Reihen zeigt, mit rücksichtsloser Strenge vorgehen; wenn das geschieht, dann bleibt der Staatsapparat sauber, und er muß sauber bleiben.«
Was er unter »rücksichtsloser Strenge« verstand, machte er wenige Monate später durch folgenden Geheimbefehl vom 15. November 1941 deutlich:

»Um die SS und Polizei von gleichgeschlechtlichen veranlagten Schädlingen reinzuhalten, bestimme ich:
I. Für die Angehörigen der SS und Polizei tritt an die Stelle der §§ 175 und 175 a des Reichsstrafgesetzbuches folgende Strafbestimmung:
Ein Angehöriger der SS und Polizei, der mit einem anderen Mann Unzucht treibt oder sich von ihm zur Unzucht mißbrauchen läßt, wird mit dem Tode bestraft.
In minder schweren Fällen kann auf Zuchthaus oder Gefängnis nicht unter 6 Monaten erkannt werden.
Bei einem Angehörigen der SS oder Polizei, der zur Zeit der Tat noch nicht einundzwanzig Jahre alt war und zu der Tat verführt worden ist, kann das Gericht in besonders leichten Fällen von Strafe absehen.
II. Die Erkennung der unter I. angedrohten Strafen ist unabhängig von dem Alter des Täters.
III. Die unter I. bezeichneten Straftaten unterliegen der SS- und Polizeisondergerichtsbarkeit nach den für diese geltenden Bestimmungen. Die Zuständigkeit der Wehrmachtsgerichte bleibt unberührt.

IV. Die zur Durchführung und Ergänzung dieses Erlasses erforderlichen Vorschriften erläßt der Reichsführer-SS und Chef der Deutschen Polizei im Reichsministerium des Innern.

Der Führer gez. Adolf Hitler«

Dies nun war purer Rechtsdespotismus. Der Diktator setzte gültige Gesetze für einen bestimmten Personenkreis einfach außer Kraft und erließ dafür neue, er entzog »ordentlichen« Gerichten ihre Zuständigkeit und verwies diese Fälle an seine »Sondergerichte«. So eklatant dieser Rechtsbruch war, so eifrig bemühten sich die nationalsozialistischen Staatsrechtler, den Fall zu begründen. So schrieb Professor Carl Schmitt: »Der Führer schützt das Recht vor dem schlimmsten Mißbrauch, wenn er im Augenblick der Gefahr kraft seines Führertums als oberster Gerichtsherr unmittelbar Recht schafft. Der wahre Führer ist immer auch Richter. Aus dem Führertum fließt das Richtertum.«

So kehrte in der Mitte des 20. Jahrhunderts das Mittelalter nach Deutschland zurück. Wie die praktische Umsetzung des Führer-Erlasses aussah, geht aus heute unbegreiflich wirkenden Dokumenten hervor. So erklärte Himmler bereits 1937 in einer Rede vor SS-Gruppenführern: »In der gesamten SS werden im Jahr ungefähr acht bis zehn Fälle [von Homosexualität] vorkommen. Ich habe mich nun zu Folgendem entschlossen: Diese Leute werden selbstverständlich in jedem Fall öffentlich degradiert und ausgestoßen und werden dem Gericht übergeben. Nach Abbüßung der vom Gericht festgesetzten Strafe werden sie auf meine Anordnung in ein Konzentrationslager gebracht und werden im Konzentrationslager auf der Flucht erschossen.«

Nach dem Hitlerschen Geheimerlaß von 1941 war das, was Himmler vier Jahre zuvor angedroht hatte, juristische Wirklichkeit. Wieviele solche Exekutionen es wirklich gegeben hat, läßt sich heute nicht mehr ermitteln. Himmler kommentierte in einem vertraulichen Schreiben: »Eine Veröffentlichung des Führererlasses unterbleibt, da sie nur zu Mißverständnissen Anlaß geben könnte.«

Die Zwangsentmannung

Zu den barbarischsten Methoden der Faschisten im Kampf gegen Homosexuelle gehörte die Kastration. Dieses Thema war hinsichtlich seiner Wirkung bereits in der Weimarer Republik in medizinischen Fachkreisen heftig umstritten gewesen, obwohl sich die Diskussion damals lediglich auf allgemeingefährliche Triebtäter bezog. Aber da Diskussionen im Dritten Reich ohnehin unerwünscht oder gar verboten waren, sah man das Unerwiesene kurzerhand als erwiesen an. Bereits 1933 wurde ein Gesetz erlassen, das erstmals in der deutschen Rechtsgeschichte Richtern erlaubte, neben der Freiheitsstrafe die Kastration zu verfügen. Allerdings waren an sie bestimmte Tatbestände geknüpft, die bei Homosexuellen in der Mehrheit keine Rolle spielten.

Aber schon zwei Jahre später gab es eine Verfügung, daß sich Homosexuelle auf freiwilliger Basis entmannen lassen könnten. Offenbar hatte man schon damals den psychologischen Effekt vor Augen, der sich erst zu Kriegsbeginn einstellen sollte. 1940 wurde nämlich ein Gesetz erlassen, demzufolge homosexuelle Männer, die mehr als einen Partner »verführt« hatten, in die Konzentrationslager zu deportieren seien – es sei denn, sie ließen sich freiwillig kastrieren. Unter solch einem seelischen Druck werden viele der Betroffenen eher diese Qual als die Todesangst im KZ auf sich genommen haben. Wieviele es tatsächlich waren, ist unbekannt. In einer fachmedizinischen Studie ist jedenfalls die Rede davon, daß unter den 693 im Jahre 1944 verstümmelten Männern 285 wegen Homosexualität verurteilt gewesen seien. Die Dunkelziffer war sicher weit höher.

Die »Ballastexistenzen«

1943 wurde ein »Gesetz zur Behandlung Gemeinschaftsfremder« vorbereitet, das die zwangsweise Kastration von »Ballastexistenzen der völkischen Gemeinschaft« vorsah. Unter diesem zynischen Begriff fielen neben Arbeitsscheuen, Querulanten, Landstreichern, Bettlern, Leistungsscheuen, geistig Behinderten – auch Homosexuelle. Zum Glück trat dieses menschenverachtende Gesetz angesichts der Turbulenzen des »totalen Krieges« nicht mehr in Kraft, aber man wagt sich kaum vorzustellen, wie dieses Land ausgesehen hätte, wenn die deutschen Armeen siegreich gewesen wären.

Im Grunde genommen wäre dieses Gesetz gar nicht mehr nötig gewesen; denn das Wirtschafts- und Verwaltungshauptamt der SS hatte schon im November 1942 einen geheimen Erlaß herausgegeben, in dem es lapidar hieß: »Wie das Reichskriminalpolizeiamt mitteilt, hat der Reichsausschuß zur wissenschaftlichen Erfassung von erb- und anlagebedingten schweren Leiden auf Grund besonderer Vollmachten des Führers das Recht, in besonderen, *nicht gesetzlich geregelten Fällen* die Genehmigung zur Unfruchtbarmachung zu erteilen. Eine rechtskräftige Entscheidung des Erbgesundheits-Gerichts ist in diesen Fällen nicht erforderlich.« (Hervorhebung G. F.)

Zur gleichen Zeit läßt sich in der »Deutschen Justiz« ein gewisser Carl-Heinz Rodenberg, seines Zeichens Arzt und Abteilungsleiter im Reichssicherheitshauptamt SS folgendermaßen vernehmen: »An Hand unserer Ergebnisse kommen wir zu der Auffassung, daß die Ansicht von der Wirkungslosigkeit der Kastration auf das pervertierte Triebleben der Homosexuellen nicht aufrechterhalten bleiben kann ... Im Gegenteil erscheint es nicht mehr gerechtfertigt, ... von der Maßregel der Entmannung abzusehen, da diese Maßregel, wie bei anderen Sittlichkeitsverbrechen auch, einmal in kriminaltherapeutischer Hinsicht vollen Erfolg verspricht, zum anderen aber sich auch in persönlicher und soziologischer Hinsicht durchaus segensreich auswirkt.«

Konnte diese zynische Grausamkeit noch überboten werden? Ja, die Nazis konnten sie überbieten.

Der Mann erscheint wie ein Trickbetrüger aus dem Mittelalter, wie einer jener Alchimisten, die alles zu können vorgaben und dennoch so gut wie nichts vermochten. Vaernet war dänischer Staatsbürger und unterhielt eine Arztpraxis in Kopenhagen. Aber als bekannt wurde, daß er Kontakte zu dem dänischen Nazi-Führer und Arzt Frits Clausen unterhielt, liefen ihm nach und nach die Patienten weg.
Hilfesuchend wandte er sich nach Berlin an die SS. Vaernet behauptete, schon in den dreißiger Jahren Forschungen betrieben zu haben, die ihn in die Lage versetzten, homosexuelle Männer mittels einer Hormonbehandlung von ihrer Homosexualität zu befreien. Das Angebot gelangte 1943 über mehrere Zwischenstationen schließlich in die Hände Himmlers.
Der zeigte sich begeistert, griff sogleich zur Feder und schrieb: »Dr. Vaernet bitte ich absolut großzügig zu behandeln. Ich möchte selbst monatlich einen 3-4 Seiten langen Bericht, da ich mich für die Dinge sehr interessiere. Zu einem späteren Zeitpunkt möchte ich V. dann auch einmal persönlich zu mir bitten.«
Die »absolut großzügige« Behandlung sah so aus, daß man den Vertrag, den Vaernet vorsichtshalber gleich selber formuliert hatte, unterschrieb und den »Arzt« in einer der SS unterstehenden Prager Tarnfirma, der Deutschen Heilmittel GmbH, unterbrachte. Hier sollte er bei bester Bezahlung noch ein bißchen forschen, aber dann sogleich zu Versuchen an Menschen übergehen.
Schon in der zweiten Jahreshälfte 1944 suchte Vaernet im KZ Buchenwald 15 Opfer für seine wissenschaftlich durch nichts begründeten Experimente aus. Zwölf Männer wurden von ihm unter den katastrophalsten hygienischen und medizintechnischen Bedingungen »operiert«. Das bedeutete, daß den Homosexuellen nach einem Schnitt in der Leistengegend ein tablettenförmiger Hormonpreßling eingepflanzt wurde, über Blut- und Harnkontrollen sollte die Hormonabgabe aus der »künstlichen Drüse« kontrolliert werden.
Vaernet berichtete wahre Wunderdinge an seine Brotgeber: Schwule würden von Frauen zu träumen beginnen, Kastrierte hätten plötzlich heftige Erektionen, alle sähen besser und jünger aus, machten Pläne für die Zukunft und freuten sich auf die Entlassung aus dem Lager, die ihnen in betrügerischer Weise vor dem Eingriff in Aussicht gestellt worden war. Was wunder, daß die Operierten selbst ähnliche Aussagen machten.
Doch in dem Maße, wie sich die Alliierten den deutschen Grenzen näherten, wurde es still um den dänischen Wunderdoktor. So beklagte sich die Deutsche Heilmittel GmbH in einem Brief vom 28. Februar 1945 beim SS-Wirtschafts- und Verwaltungshauptamt in Berlin: »Die von Ihnen, Oberführer, gegebene Anweisung, daß Dr. V. uns mitzuteilen hätte, wo er sich jeweils aufhielte bzw. wo er zu erreichen wäre, wurde von ihm nicht beachtet ... Seit etwa Mitte Dezember v. Js. bis zum heutigen Tage hat sich Dr. V. nur einmal ... bei uns eingefunden; er teilte uns bei dieser Gelegenheit mit, daß er seine Familie für drei Wochen nach Kopenhagen bringen

wolle, da er selber nach Berlin fahre.« Es war nicht zu verkennen, Vaernet bereitete eine »Absetzbewegung« vor. Er fürchtete wohl, daß die Langzeitwirkungen seiner Verbrechen ans Licht kommen würden.
Im Mai 1945 geriet Vaernet in britische Kriegsgefangenschaft und wurde als »harmloser Arzt« in der Alsgade Skole in Kopenhagen interniert. Doch bald demaskierte die dänische Ärztekammer ihn als SS-Arzt. Da die Briten nicht reagierten, konnte Vaernet seinen Kopf aus der Schlinge ziehen. Wegen eines »Herzleidens« erwirkte er auf wundersame Weise eine Ausreise nach Schweden. Dort nahm er Kontakt zu einem Nazi-Fluchtnetz auf und verschwand nach Argentinien.
Im November 1947 veröffentlichte die Kopenhagener Zeitung »Berlingske Tidende« den Leserbrief eines in Argentinien lebenden Dänen. Darin wunderte sich der Schreiber, daß der Arzt Carl Vaernet trotz der ihm zur Last gelegten Verbrechen eine Stelle innerhalb des Gesundheitswesens von Buenos Aires bekleidete.

Das makabre Nachspiel

Nach neuesten Ermittlungen sind während der Nazi-Zeit 50 000 Männer nach Paragraph 175 verurteilt worden. Davon wurden rund 10000 in Konzentrationslager deportiert.
Nach der Befreiung vom Faschismus haben beide deutsche Staaten diese Opfer des Nazi-Terrors in keiner Weise entschädigt. Im Gegenteil: In der Bundesrepublik galt bis 1969, das sind 24 Jahre nach der Niederschlagung des »Dritten Reiches«, noch der Paragraph 175 in seiner von den Nazis 1935 verschärften Form. Wurde in der Nachkriegszeit ein Homosexueller in Westdeutschland angeklagt, dann galt eine eventuelle Verurteilung während der braunen Diktatur als ausreichend, den neueren Fall als »strafverschärfende Widerholungstat« einzustufen. Kommentar der Oberfinanzdirektion Köln aus dem Jahre 1992: »Der Paragraph 175 in der Fassung von 1935 gilt bei uns nach wie vor nicht als nationalsozialistisches Unrecht.«
Was die Homosexuellen betrifft, die in den Konzentrationslagern haben leiden müssen, so können sie überhaupt erst seit 1987 eine Wiedergutmachung beantragen. Die Zahlungen erfolgen aus dem »Härtefonds« für vergessene Opfer des NS-Regimes, der beim Bundesfinanzminister in Höhe von 300 Millionen Mark eingerichtet wurde. Innerhalb von drei Jahren wurden davon nur knapp 10 Millionen Mark ausgegeben – am wenigsten jedoch an Homosexuelle, denn deren Ausgrenzung setzt sich auch in der Wiedergutmachungsfrage fort.
Sie bekommen nur eine Entschädigung, wenn sie nachweisen können, daß eine »gesetzmäßig gegen sie verhängte Strafe als übermäßig bewertet« werden kann. Wurde zum Beispiel in den dreißiger Jahren ein Mann verurteilt, nur weil er einem anderen Mann einen glühenden Liebesbrief geschrieben oder ihn auch nur geküßt hatte – dann hat er nach der heutigen Entscheidungspraxis durchaus zu Recht im Zuchthaus gesessen. Er müßte mindestens nachweisen können, daß er gefoltert wurde oder mindestens 9 Monate im KZ war!

Wir sind,
was wir sind

Das »Gemeinsame«
im Gegensätzlichen

Nachdem die Alliierten Deutschland vom Hitlerfaschismus befreit hatten, öffneten sich die Konzentrationslager, die Zuchthäuser und Gefängnisse, und all jene die wegen ihrer politischen Überzeugung, ihrer rassischen Zugehörigkeit oder ihrer sexuellen Neigungen wegen dort inhaftiert waren, erlangten die Freiheit. Auf deutschem Boden entwickelten sich im Laufe der Nachkriegsjahre bekanntermaßen zwei selbständige Staaten mit höchst unterschiedlichen Gesellschaftsvorstellungen, einem andersartigen Demokratieverständnis und einem nicht mit einander vergleichbaren System der Machtverteilung.

So unterschiedlich die Regime der Bundesrepublik Deutschland und der Deutschen Demokratischen Republik waren, in ihrer anfänglichen Aversion gegen die Homosexualität gab es viele Gemeinsamkeiten. Zwar zeigte sich Adenauer noch leger, wenn er auf die Frage, ob es zutreffe, daß sein Außenminister Heinrich von Brentano schwul sei, antwortete: »Also wissen Se, solang der mich nit anpackt, isset mir ejal.« Doch in der Bundestags-Drucksache IV/650 vom 4. Oktober 1962 wird schon ein anderer Ton angeschlagen: »Wo die gleichgeschlechtliche Unzucht um sich gegriffen und großen Umfang angenommen hat, war die Entartung des Volkes und der Verfall seiner sittlichen Kräfte die Folge.« Und der bayerische Ministerpräsident Edmund Stoiber meinte gar: »Wenn ich über steuer- und erbrechtliche Anerkennung von homosexuellen Paaren diskutiere, dann kann ich gleich über Teufelsanbetung diskutieren.«

Das Schicksal eines Erdulders

Auf der östlichen Seite der Elbe ist die Tonlage ganz ähnlich. Natürlich gab es auch hier homosexuelle Prominenz. Johannes R. Becher und Louis Fürnberg tarnten ihre Veranlagung, indem sie heterosexuelle Ehen eingingen, Bei Ludwig Renn wurde gerade noch toleriert, daß er seit 1952 in Ostberlin mit zwei Männern in einer Art schwuler Wohngemeinschaft lebte, seinen mexikanischen Geliebten aus dem Exil nach Deutschland nachzuholen, verbot die SED.

Dennoch hatte Renn den Mut gehabt, bereits 1936 im Schweizer Exil in dem Roman »Vor großen Wandlungen« eine literarische Thematisierung der Schwulen-Problematik zu wagen. Prompt wurde er vom späteren Präsidenten der DDR, Wilhelm Pieck, kritisiert: »Auch wirkt bei einem kommunistischen Schriftsteller die allzu starke Hervorkehrung homosexueller Momente peinlich. Es ist bekannt, wie gerade die Homosexualität in der faschistischen Führungsclique eine Rolle spielte [Anspielung vor allem auf Ernst Röhm, den faschistischen SA-Führer, der homosexuell war und auf Befehl Hitlers von der SS erschossen wurde. G. F.], aber wir Kommunisten haben diese Tatsache bei unserem Kampf gegen das faschistsiche Regime nicht in den Vordergrund gestellt.« Parteidiszipliniert erklärte Renn 1975, daß er »Vor großen Wandlungen« für mißglückt halte und er nie Erlaubnis geben werde, es wieder zu drucken.

In ihrer antihomosexuellen Haltung fühlte sich die SED noch dadurch bestärkt, daß die Weltgesundheitsorganisation (WHO) 1948 Homosexualität in ihre »Internationale Liste für Krankheiten« aufgenommen hatte. (Die Streichung erfolgte erst 1992!) Daraufhin glaubte sich die Ost-«Berliner Zeitung« berechtigt, jene diskriminierende Assoziationskette herzustellen, die aus dem reaktionär-konservativen Lager längst bekannt war: »Prostitution, Homosexualität und Verbrechen, wie sie sich auch äußern mögen, haben in einer sozialistischen Gesellschaft keinen Nährboden. Sie ›verziehen‹ sich also nach und nach dahin, wo die Freiheit viel freiheitlicher, das Wasser viel nasser und – notabene – die Wärme viel wärmer ist.« Das war eine glatte Lüge. Es gab in den Jahren des »Arbeiter- und Bauernstaates« stets eine mehr oder weniger verdeckte Prostitution, es gab Diebe und Mörder – und schließlich waren auch homosexuell empfindende Menschen in der DDR zu Hause, nicht wenige von ihnen begleiteten Funktionen im Apparat der SED.

Wie die Sieger so die Besiegten

Was die juristische Seite des Problems anlangte, so zeigten beide deutsche Staaten zu Beginn ihrer Existenz ihre Abhängigkeit in Fragen der Rechtsprechung von den Alliierten. In allen Staaten der Siegermächte – bis auf Frankreich – stand damals männliche Homosexualität noch unter Strafe, also wurde sie auch in beiden Teilen Deutschlands weiter geahndet. Für die Zeit, als die Besatzungsmächte die alleinige Staatsgewalt ausübten, wurde dieser Zusammenhang vom Bundesverfassungsgericht (1957) ausdrücklich bestätigt: »Von 1945 bis zum Zusammentritt des Bundestages herrschte in den westlichen Besatzungszonen so gut wie einhellig die Meinung, die Paragraphen 175 und 175 a seien nicht in dem Maße ›nationalsozialistisch geprägtes Recht‹, daß ihnen in einem freiheitlich-demokratischen Staate die Geltung versagt werden müsse.«

Mit anderen Worten: Während 24 Jahren nach der bedingungslosen Kapitulation Hitler-Deutschlands wurde in der Bundesrepublik nach der von den Nazis verschärften Form des Paragraphen 175 abgeurteilt. Die Statistik für die Zeit von 1950 bis 1965 ergibt folgendes Bild:

Jahr	Rechtskräftig Abgeurteilte	Rechtskräftig Verurteilte
1950	2 246	1 920
1951	2 635	2 167
1952	2 964	2 476
1953	2 869	2 388
1954	3 230	2 564
1955	3 075	2 612
1956	3 247	3 124
1957	3 630	3 182
1958	3 679	3 530
1959	4 141	3 530
1960	3 694	3 143
1961	3 496	3 005
1962	3 686	3 098
1963	3 439	2 803
1964	3 489	2 907
1965	3 104	2 538
Summe	52 633	44 231

(Quelle: Baumann, J.: Paragraph 175. – Berlin; Neuwied, 1968 – S. 64f.)

Die rechtliche Situation in der DDR zeigte einige bemerkenswerte Varianten. Nach Beschluß des Obersten Gerichts der DDR wurde 1950 die NS-Fassung des Paragraphen 175 aufgehoben. Statt seiner ging man auf die Strafbestimmung von 1871 zurück. Unerklärlicherweise blieb jedoch die von den Nazis in Paragraph 175 a vorgenommene Verschärfung bestehen. Im juristischen Alltag jedoch wurden die strafrechtlichen Verfolgungen ohne sonderlichen Eifer betrieben.

Weil der Mensch keine Ratte ist

Natürlich hat es auch in der DDR Versuche gegeben, an die längst überholte Gedankentradition der »Heilbarkeit« von Homosexualität anzuknüpfen. In den siebziger Jahren tat sich auf diesem Gebiet der Endokrinologe Dörner hervor. Er machte für die Entstehung von Neigungen zum gleichen Geschlecht besondere Streßsituationen verantwortlich und wies seine These durch entsprechende Experimente an Ratten nach, von denen er behauptete, sie würden zu homosexuellen Aktionen übergehen, wenn sie extremen Aufregungen ausgesetzt seien. Dörner scheute sich nicht, seine dubiosen Tierbeobachtungen in traditionalistisch biologistischer Weise auf Menschen zu übertragen. Nach dem Zweiten Weltkrieg, erklärte er, seien besonders viele homosexuelle Männer und Frauen geboren worden, weil deren Mütter in den Bombennächten erheblichem Streß ausgesetzt gewesen seien.

Glücklicherweise fanden solche »Erkenntnisse« kaum eine gesellschaftliche Resonanz, dafür aber auch unter DDR-Wissenschaftlern lebhaften Widerspruch. Trotzdem standen die »Lesben- und Schwulendeuter und -heiler« der DDR unversehens in einer Linie mit einigen ihrer Kollegen in der Bundesrepublik. Denn auch hier hatte man den alten missionarischen »Therapierungswillen« noch nicht aufgegeben. In Hamburg, Freiburg, Göttingen und Homburg wurden »psychochirurgische Operationen« durchgeführt, wobei man durch Eingriffe in das Zwischenhirn »abweichendes Sexualverhalten« beseitigen wollte. Diese Experimente wurden bis Ende der siebziger Jahre veranstaltet. Sie haben die Homosexualität ebensowenig beseitigt wie andere »Methoden« zu ihrer Liquidierung.

Die DDR machte den Anfang

Immer mehr jedoch drang in das gesellschaftliche Bewußtsein die Auffassung, daß der soziale Gestus der Öffentlichkeit gegenüber den Homosexuellen verändert werden müsse. Wiederum machte die DDR in diesem Punkt den Anfang. Der Ostberliner Professor für Forensische Medizin Reiner Werner veröffentlichte 1987 seine Schrift »Homosexualität – Herausforderung an Wissen und Toleranz«, in der er unter anderem die Gleichbehandlung von homo- und heterosexuellen Paaren bei der Vergabe von Wohnraum und die Errichtung von staatlichen Konsultationsstellen für Homosexuelle forderte. Das Buch wurde ein großer Erfolg. Die erste Auflage von 50 000 Exemplaren war innerhalb von drei Wochen vergriffen.

Nach der Wiedervereinigung der beiden deutschen Staaten haben sich diese positiven Ansätze weiter verbreitet. Es gibt in fast allen Ländern der Europäischen Union Verlage für homosexuelle Literatur, eigene Zeitschriften (in Deutschland vor allem das seit den sechziger Jahren erscheinende Periodikum »Du und ich«). Schwulen- und Lesbentreffs erfreuen sich vor allem in den größeren Städten regen Zuspruchs, Theater und Film nehmen sich immer häufiger des Themas an. In allen europäischen Staaten – außer in Rumänien – ist das völlige Verbot homosexueller Handlungen abgeschafft. Dessen ungeachtet gibt es noch 78 Länder auf der Erde, in denen männliche Homosexualität unter Strafe steht, weibliche Homosexualität ist noch in 41 Ländern illegal.

Es spricht für das wachsende Selbstbewußtsein der Homosexuellen beiderlei Geschlechts, daß in den letzten Jahren ein Begriff in Umlauf kam, der im vorigen Jahrhundert nicht nur seiner amerikanischen Herkunft, sondern seines sachlichen Inhalts wegen undenkbar gewesen wäre.

Das Coming out

Der Ausdruck hat früher etwas ganz anderes bedeutet. Mit Coming out bezeichnete man in den USA ursprünglich das Ereignis, in dessen Verlauf die jungen Damen und Herren der bürgerlichen Oberschicht in die Gesellschaft offiziell eingeführt wurden. Die Coming-out-Parties von Los Angeles und Atlanta glichen in vielerlei Hinsicht dem Wiener Opernball, dem ja eine ähnliche soziale Funktion zu Grunde liegt.

Die Homosexuellen haben den Begriff gründlich umfunktioniert. Sie – und inzwi-

335

GESETZBLATT
der Deutschen Demokratischen Republik

1988	Berlin, den 28. Dezember 1988	Teil I Nr. 29

Tag	Inhalt	Seite
14. 12. 88	Gesetz zur Änderung und Ergänzung des Strafgesetzbuches, des Zollgesetz- Gesetzes zur Bekämpfung von Ordnungswidrigkeiten, des Strafregist- Devisengesetzes, des Kulturgutschutzgesetzes, des Luftfahrtg- zes über das Post- und Fernmeldewesen (5. Strafrecht-	
14. 12. 88	Gesetz über eine staatliche Vorauszahlun- — Schadenersatzvorauszahlungsg-	
14. 12. 88	Verordnung zur Änder- Einführungsge- zur Be-	
23. 11. 88		

Der Begriff "homosexuell" kommt im Strafrecht nicht mehr vor

DDR schafft Homosexuellen-Paragraph ab!

Gesetzblatt der DDR vom 28. Dezembert 1988

schen auch alle einigermaßen sachkundigen Heterosexuellen – verstehen darunter die von Homosexuellen freiwillig getroffene Entscheidung, sich zu einer gleichgeschlechtlichen Disposition öffentlich zu bekennen. Was im 19. Jahrhundert noch unmöglich gewesen wäre, ohne daß der Betroffene einen Skandal oder das Ende seiner Karriere riskiert hätte, bleibt heute im allgemeinen ohne existentielle Folgen. Das veränderte soziale Klima hat bewirkt, daß viel Prominente sich zu ihrer homosexuellen Neigung vor aller Welt bekannten.

»Wie schön war der Sand!«

Der erste, der den noch immer nicht risikofreien Schritt wagte, war der französische Schriftsteller und Nobelpreisträger André Gide. In seiner Autobiographie »Stirb und werde«, die 1926 erschien, gestand er: »Ich aber ergriff die Hand, die er mir hinstreckte, und zog

»frau anders«, die erste, 1989 erschienene Lesbenzeitung der DDR. Auf dem Titelbild Käthe Kollwitz' Holzschnitt von der imaginären Begegnung Marias mit Elisabeth von Thüringen, 1928

ihn zu Boden. Augenblicklich war sein Lächeln wieder da. Er hielt sich nicht lange damit auf, die kompliziert verknoteten Schnüre zu lösen, die ihm als Gürtel dienten, sondern zog einen kleinen Dolch hervor und schnitt sie einfach durch. Die Hose glitt herab; seine Jacke schleuderte er weit von sich und richtete sich nackt wie ein Gott auf. Eine Sekunde lang streckte er seine schlanken Arme zum Himmel und ließ sich dann lachend in meine Arme fallen. Möglich, daß sein Körper glühte – meinen Händen schien er frisch wie der Schatten. Wie schön war der Sand! Und wie anbetungswürdig der Glanz des Abends, in dessen Strahlen meine Freude eintauchte…«

Dem Beispiel Gides folgten in den letzten Jahrzehnten viele. Vorbei schien die Zeit, als Tschaikowski und Ludwig II. ein entwürdigendes Versteckspiel trieben, vorbei auch die literarische Verklauselierung der eigenen Neigung, wie sie Oscar Wilde und Thomas Mann betrieben hatten. Nun trat man hin und sagte, wie es um einen bestellt war. Das taten zum Beispiel Thomas Cassady, der bekannte Wirtschaftsjournalist der USA, ehe er 1991 an Aids starb. Oder Otis Charles, der Bischof der Episkopalkirche im US-Bundesstaat Utah. Oder der prominente US-Baseball-Profi David Kopay. Oder der Präsident einer bedeutenden Werbeagentur in Los Angeles, Jack Sansolo. Oder der englische Filmregisseur John Schlesinger und seine schauspielernden Landsleute Anthony Sher und Stephen Fry. Auch der Musical-Produzent Cameron Mackintos und der Popsänger Elton John bekannten sich zu einer Neigung, die zu Beginn unseres Jahrhunderts noch für »abartig« gehalten wurde.

Coming out setzt natürlich voraus, daß derjenige, der diesen Schritt wagt (und er ist auch heute noch nicht ohne Risiko), dies völlig freiwillig und ohne bedrängende Beeinflussung tut. Einige radikale Homosexuelle meinten jedoch, daß Outing auch für andere besorgen zu dürfen. Das hat teilweise zu erheblichen öffentlichen Komplikationen geführt, zu Verleumdungsklagen und heftigen »Unschuldsbeteuerungen« derjeniger, die durch unbegründete Gerüchte in einen falschen Ruf geraten waren. Zu ihnen gehörten unter vielen anderen der tschechische Schlagersänger Karel Gott, Joseph Bernardin, der Kardinal von Chicago, der australische Pop-Sänger Jason Donovan, der deutsche Schauspieler Thomas Fritsch, der Bundeswehrgeneral Günter Kießling, der Ex-Bürgermeister von New York, Ed Koch, der ehemalige Beatle John Lennon und der österreichisch-amerikanische Bodybuilder und Schauspieler Arnold Schwarzenegger.

Zu den neuen Entwicklungen gehört die immer häufiger artikulierte Forderung, man solle gleichgeschlechtlich Liebenden die Erlaubnis erteilen, eine offizielle Ehe miteinander einzugehen. Im August 1992 rief der Schwulenverband in Deutschland bundesweit zur »Aktion Standesamt« auf. Mehr als 200 lesbische und schwule Paare erschienen daraufhin vor den Standesämtern ihrer Heimatstädte und wollten das Aufgebot bestellen. Die Standesbeamten zeigten große Aufgeregtheit und sprachen von fehlender Rechtsgrundlage. Das Bundesverfassungsgericht kam ihnen zu

Lesben demonstrieren im Juni 1990 in Bonn. Wann werden sie wegen irgendwelcher veralteter Paragraphen nicht mehr auf die Straße gehen müssen?

Hilfe. In seinem Beschluß vom 13. Oktober 1993 wurde für Deutschland das Trauungsansinnen der Homosexuellen strikt zurückgewiesen. Es erklärte: »Das Bundesverfassungsgericht hat in ständiger Rechtssprechung entschieden, daß die Ehe nach Art. 6 Abs. 1 GG die Vereinigung von Mann und Frau zu einer Lebensgemeinschaft ist. Daraus folgt, daß aus dieser Grundrechtsnorm ein Recht auf Eingehung einer Ehe mit einem gleichgeschlechtlichen Partner nicht hergeleitet werden kann. Insbesondere ist das Bundesverfassungsgericht auch in seiner Transsexuellenentscheidung davon ausgegangen, daß die Geschlechtsverschiedenheit zu den prägenden Merkmalen der Ehe gehört.« Aber selbst namhafte Juristen beginnen, das Problem differenzierter zu sehen. So vertritt Manfred Bruns, Bundesanwalt beim Bundesgerichtshof, zu dieser Frage folgende Auffassung: »Die Lesben und Schwulen hatten noch nie die Möglichkeit, frei und selbstbewußt zwischen verschiedenen Lebensformen zu wählen. Ihre bisherigen Lebensformen sind durchweg nur das Ergebnis schwieriger Kompromisse zwischen dem eigenen Selbstbewußtsein und der notwendigen Rücksichtnahme auf gesellschaftliche Zwänge. Glaubwürdige lesbische und schwule Lebensformen werden sich um so eher herausbilden, je differenzierter die *rechtlich abgesicherten Lebensmöglichkeiten* und Freiräume sind.« (Hervorhebung G. F.)

Um eben diese Freiräume geht es zunächst einmal, wenn man bedenkt, wie lange eine Grundgesetzänderung, die eine Zweidrittelmehrheit im Bundestag erfordert, auf sich warten läßt, sofern sie überhaupt ernsthaft ins Auge gefaßt wird. Die Freiräume aber müssen erweitert, sie dürfen von keinem eingeschränkt werden – übrigens auch nicht von den Homosexuellen selbst.

Jahrhunderte hindurch waren – wie dieses Buch eindeutig belegt – die Homosexuellen beiderlei Geschlechts den verschiedenartigen Rufmorden ausgesetzt, jetzt richten einige den Rufmord gegen ihresgleichen oder gegen diejenigen, die sie für ihresgleichen halten. Die bekannte deutsche Journalistin Alice Schwarzer, mit der konform zu gehen nicht immer leichtfällt, hat in der moralischen Beurteilung des Fremd-Outings den Nagel auf den Kopf getroffen: »Das Denunzieren homosexueller Männer und Frauen war in den letzten zehn, fünfzehn Jahren nicht mehr ganz so gesellschaftsfähig – soll es das jetzt wieder werden? Soll ausgerechnet im Namen der von den Homosexuellen erkämpften Freiheit nun das Feuer auf Homosexuelle eröffnet werden? Und wer hat den Finger am Abzug – die Edlen? Und wer ist dann im Visier? – die Unwerten? Und das alles im Namen der guten Sache? Nein. Sagen wir es ganz klar: Wer das Outing erzwingt, denunziert und vergewaltigt Menschen. Gegen ihren Willen. Und dazu hat niemand das Recht. Schon gar nicht im Namen der Gerechtigkeit.«

Man muß sich nicht wundern, daß es angesichts dieser Bedrohung aus den eigenen Reihen auch noch heutzutage viele Prominente vorziehen, ihre homosexuellen Neigungen unter der Tarnkappe einer »Normalehe« zu verstecken. So war der schwule australische Sänger Peter Allen mit der amerikanischen Sängerin und Schauspielerin Liza Minelli verheiratet. Leonard Bernstein ehelichte die Sängerin Felicia Montealegre, der Filmregisseur Rainer Werner Fassbinder gab der Sängerin Ingrid Caven das Ja-Wort, Charles Laughton war der Ehemann der englischen Schauspielerin Elsa Lanchester. Die Motivation dieser Zweckbündnisse gleichen denen voriger Jahrhunderte, sie sind identisch mit den Gründen, die Tschaikowski vor den Traualtar führten und die George Sand zur Heirat bewogen: Es ist die alte Angst vor der öffentlichen Bloßstellung, wobei auch bisexuelle Ambitionen oder die erst nach der Heirat erkannte homosexuelle Vorliebe eine Rolle spielen.

Herausforderung an Wissen und Toleranz

Trotz der mehr peripheren Negativerscheinungen kann der generelle Wandel nicht übersehen werden. So gibt es inzwischen acht US-amerikanische Städte, die lesbischen und schwulen Lebensgemeinschaften den gleichen Rechtsstatus zuerkennen wie verheirateten oder nicht verheirateten Paaren (darunter Los Angeles, Santa Cruz und Seattle). In 13 US-Bundesstaaten (darunter Illinois, Kalifornien, New York und Washington) wird homosexuellen Angestellten des öffentlichen Dienstes Chancengleichheit und Schutz vor Diskriminierung zugesichert. Die niederländische Regierung geht sogar so weit, daß sie schwulen Diplomaten gestattet, ihren Lebenspartner mit ins Ausland zu nehmen und dafür eine vierzigprozentige Gehaltszulage wie ihren verheirateten Kollegen zuzusprechen.

Die Fortschritte haben die verschiedensten Formen. Sie können sowohl moralgeschichtlicher, juristischer wie gesellschaftspolitischer Art sein. So brach zum Beispiel die Zentralkonferenz der amerikanischen Rabbiner 1990 mit einer viertausendjährigen Tradition, indem sie die Zulassung von Homosexuellen zum Rabbineramt beschloß. Zwei Jahre später wagte Yeal Dayan, die Tochter des ehemaligen israelischen Verteidigungsministers und Abgeordnete der Knesset, vor dem Hohen Haus davon zu sprechen, daß schon im Alten Testament darauf hingedeutet wird, daß König David homosexuelle Beziehungen zu Jonathan, dem Sohn König Sauls, gehabt habe. Und das in einem Parlament des jüdischen Staates!

Übung des aufrechten Gangs: zwei Männer Hand in Hand

1989 schließlich verabschiedete das dänische Parlament mit großer Mehrheit das »Gesetz über registrierte Partnerschaften«. Danach können homosexuelle Paare beiderlei Geschlechts sich auf dem Standesamt registrieren lassen. Damit wird ihre Beziehung hinsichtlich des Eigentums-, Renten-, Erbschafts-, Sozial- und Scheidungsrechts der heterosexuellen Ehe gleichgestellt. Das Recht auf Adoption von Kindern und eine kirchliche Trauung allerdings bleiben ihnen weiter verwehrt. Eine ähnliche Liberalisierungstendenz, wenn auch lange nicht von der dänischen Radikalität, zeigt sich in den neuen Bundesländern. Erstmals in der deutschen Verfassungsgeschichte nahm Brandenburg den Schutz Homosexueller in seine durch Volksentscheid bestätigte Konstitution auf. Nach Artikel 12 darf niemand »aufgrund seiner sexuellen Identität« diskriminiert werden.

Allenthalben setzt sich sowohl in Europa wie in Amerika (Asien und Afrika bilden hierin eine sozialgeschichtliche Spezifika) der Standpunkt durch: Es hängt letztlich von jedem einzelnen ab, inwieweit sich eine homosexuelle Frau oder ein homosexueller Mann als Außenseiter fühlen und sich verleugnen müssen oder nicht. Aber erst wenn die heterosexuelle Majorität die Lesben und Schwulen als gleichberechtigte Bürger akzeptiert, erst wenn sich die Erkenntnis durchsetzt, »keine Handlung ist gerchtfertigt oder schändlich, nur weil sie eine geschlechtliche ist« (Kenneth J. Dover), sondern daß vielmehr die charakterliche und ethische Qualität der Beteiligten die Moral einer Beziehung bestimmt, dann wird jenem Selbstbewußtsein zum

Siege verholfen, das nun schon seit Monaten fröhlich von einer Berliner Musicalbühne tönt, wo Schwule unter dem Jubel eines meist heterosexuellen Publikums singen: »Wir sind, was wir sind!«

Ein Buch, in dem so viel von der entsetzlichen Unfähigkeit der heterosexuellen Mehrheit die Rede war, mit einer homosexuellen Minderheit umzugehen, wo lebensbedrohliche Paragraphen vorgeführt und ein Gespinst aus Lügen und Verlogenheit dargestellt wurde, ein Buch, in dem es um eine ernste Sache ging, mag mit dem heiteren Kommentar des Kabarettisten und Satirikers Max Gold schließen: »Man muß nicht homosexuell sein, um zu verkünden, daß es eine Schande ist, durch die Gegend zu trompeten, mit was für einer Sorte Mensch andere Leute angeblich bevorzugt die Nacht verbringen. Wenn einer im Dunkeln munkelt, sollte er das tun. Heimlich genaschter Honig ist süßer als der, der in Talkshows gelöffelt wird. Und kein Mensch braucht einen schwulen Politiker: Heterosexuelle Politiker sind genauso geeignet, diskriminierende Gesetze abzuschaffen, wenn sie recht bei Groschen sind. Aus der Tatsache, daß manche nicht bei Groschen sind, zu schließen, daß in homosexuellen Köpfen feinere Gehirne wohnen, zeugt von unsolider Beobachtung ... Was benötigt wird, sind tapfere Homosexuelle, die gelassen reagieren, wenn mal jemand ein derbes Witzchen macht, und nette Heteros, die auch freundlich bleiben, wenn man ihnen eventuell versehentlich allzu herzensgut in die Augen schaut. Man siehts ja nicht immer gleich. Ein Schildchen um den Hals soll nämlich niemand tragen.«

Homosexualität – Die internationale Rechtslage

Die nachstehenden Angaben sind dem Buch »Schwule Liste« von Elmar Kraushaar entnommen. Bei Staaten, die nicht aufgeführt sind, ist die Rechtslage unklar bzw. nicht genau definiert.

Völlige Straffreiheit bzw. strafrechtliche Nichtverfolgung (in Klammern das Jahr des entsprechenden Gesetzeserlasses):

Frankreich (1791)
Belgien, Luxemburg (1792)
Niederlande (1811)
Spanien (1822)
Portugal (1852)
Italien (1889)
Dänemark (1930)
Schweiz (1942)
Schweden (1944)
CSSR, Ungarn (1961)
England, Wales (1967)
Bulgarien, DDR (1968)
Bundesrepublik Deutschland (1969)
Österreich, Finnland (1971)
Norwegen (1972)
Malta (1973)
Albanien, Slowenien, Kroatien,
Montenegro (1977)
Schottland (1980)
Nordirland (1982)
Irland (1993)

Länder, in denen Homosexualität unter Strafe steht

Äthiopien (Männer und Frauen, zwischen zehn Tagen und drei Jahren)
Albanien (an sich straffrei, kann aber bei Männern und Frauen als »soziale Abweichung« mit zehn Jahren bestraft werden)
Algerien (Männer und Frauen, bis zu drei Jahren)
Angola (Männer und Frauen, Bewertung als Angriff gegen die öffentliche Moral)
Australien (legal, außer in Tasmanien)

Bahamas (Männer bis zu zehn Jahren, Frauen bis zu zwei Jahren)
Bahrein (Männer und Frauen illegal)
Bangladesh (Männer und Frauen illegal)
Barbados (Männer und Frauen illegal)
Bermuda-Inseln (nur Männer, bis zu zehn Jahren)
Bosnien-Herzegowina (nur Männer, bis zu einem Jahr)
Burkina Faso (Männer und Frauen unter 21 Jahren, bis zu drei Jahren)

Chile (nur Männer, bis zu drei Jahren)
Cook-Inseln (nur Männer, bis zu zehn Jahren)

Ecuador (Männer und Frauen, bis zu acht Jahren)

Fidschi-Inseln (Männer und Frauen, bis zu vierzehn Jahren)

GUS-Länder, in denen noch die Verbotsregelungen der ehemaligen Sowjetunion bestehen: Armenien, Aserbaidschan, Georgien, Kasachstan, Kirgisien, Litauen, Moldavien, Rußland, Tadschikistan, Turkmenien, Usbekistan, Weißrußland
Ghana (Männer und Frauen illegal, Bestrafung auf Anzeige)
Guayana (Männer, lebenslänglich bei Analverkehr)

Indien (nur Männer, bis zu lebenslang)
Irak (Männer und Frauen, bis zu fünfzehn Jahren)

Jamaika (nur Männer, bis zu zehn Jahren)
Jemen (Männer und Frauen illegal)
Jordanien (Männer und Frauen illegal)

Kenia (Männer illegal)
Kuba (Männer und Frauen, bis zu einem Jahr)

Libanon (Männer und Frauen illegal)
Libyen (Männer und Frauen, bis zu fünf Jahren)
Liechtenstein (Männer und Frauen bis zu fünf Jahren)
Litauen (nur Männer und nur bei Analverkehr)

Mazedonien (nur Männer, bis zu einem Jahr)
Malawi (Männer und Frauen illegal, wird unter »Verstöße gegen die Natur« geahndet)
Malaysia (Männer und Frauen, bis zu zwanzig Jahren)
Marokko (Männer und Frauen, bis zu drei Jahren)
Mosambique (nur Männer, bis zu drei Jahren)
Namibia (Männer und Frauen, kann als »Verbrechen gegen die Natur« bestraft werden)
Nepal (Männer und Frauen illegal)
Nigeria (nur Männer, bis zu vierzehn Jahren)

Oman (Männer und Frauen, bis zu drei Jahren)

Pakistan (nur Männer, bis zu lebenslang)
Papua-Neuguinea (Männer illegal)

Qatar (Männer und Frauen illegal)

Rumänien (Männer und Frauen, bis zu fünf Jahren)

Sambia (nur Männer, bis zu vierzehn Jahren)
Samoa (Männer und Frauen, bis zu sieben Jahren)

San Marino (Männer und Frauen, wenn sie einen »öffentlichen Skandal hervorrufen«)
Santa Lucia (Männer und Frauen illegal)
Saudi Arabien (Männer und Frauen, in schweren Fällen Todesstrafe)
Serbien (nur Männer, bis zu einem Jahr)
Seychellen (Männer und Frauen illegal)
Simbabwe (nur Männer, bis zu drei Jahren)
Singapur (Männer und Frauen, bis zu lebenslang)
Sri Lanka (nur Männer, bis zu zehn Jahren)
Südafrika (Männer illegal)
Sudan (Männer und Frauen illegal)
Syrien (Männer und Frauen, bis zu drei Jahren)

Tansania (nur Männer, bis zu vierzehn Jahren)
Togo (Männer und Frauen, bis zu drei Jahren)
Tonga (Männer und Frauen, bis zu zehn Jahren)
Trinidad und Tobago (Männer und Frauen, in schweren Fällen bis lebenslang)

Uganda (nur Männer, bis zu vierzehn Jahren)

Vereinigte Arabische Emirate (Männer und Frauen, bis zu vierzehn Jahren)

Zaire (Männer und Frauen, bis zu fünf Jahren)
Zypern (nur Männer, bis zu fünf Jahren)

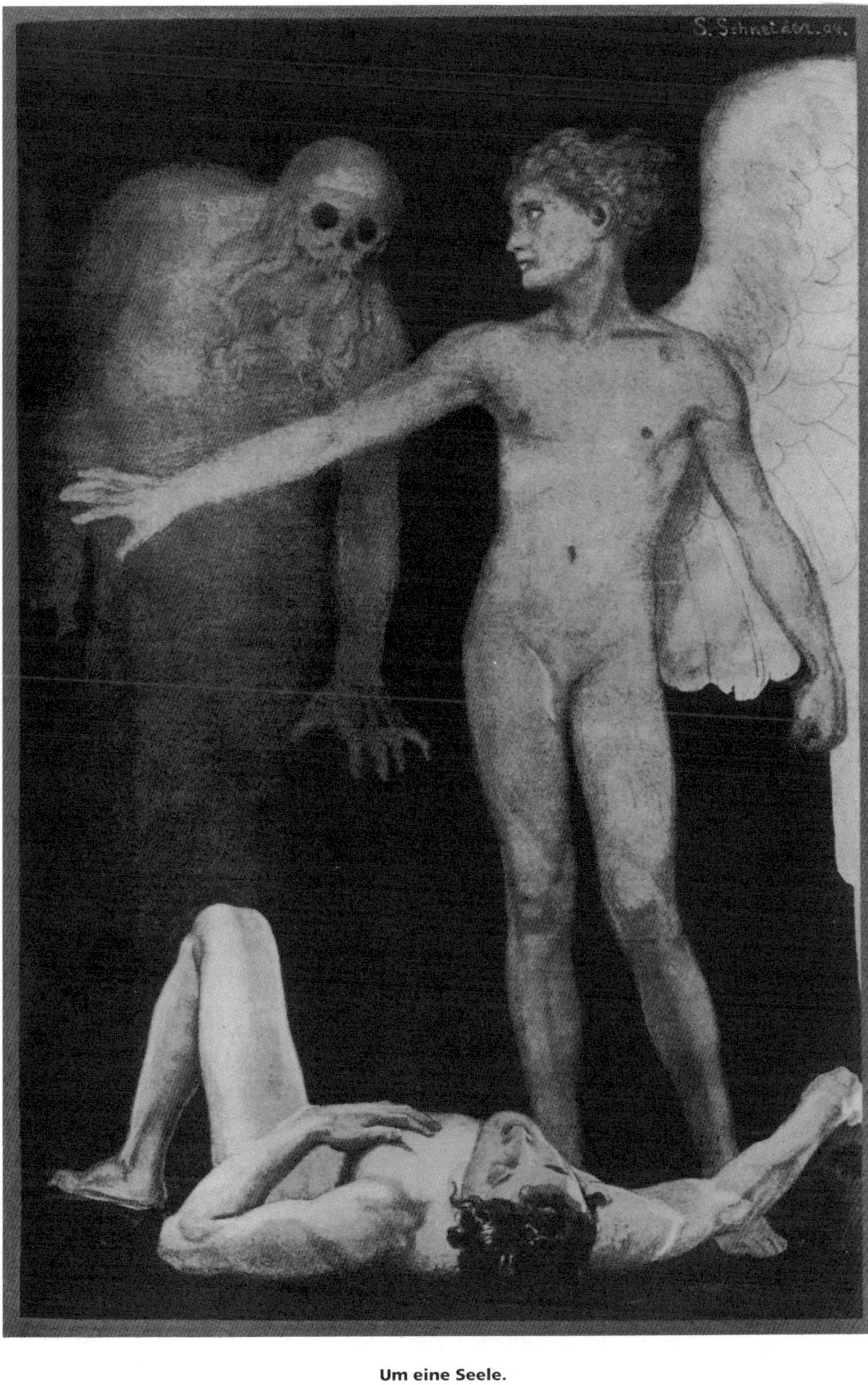

Um eine Seele.
Titelblatt von Sascha Schneider
für »Im Reiche des silbernen Löwen. III«
von Karl May. 1904

Im Musée du Louvre …

Benutzte und zitierte Literatur (Auswahl)

Adler, Alfred: Das Problem der Homosexualität und sexueller Perversionen. – Frankfurt/M., 1977

Barrett, Martha B.: Invisible Lifes. The Truth about Millions Women-Loving Women. – New York, 1990

Barthes, Roland: Fragmente einer Sprache der Liebe. – Frankfurt/M., 1984

Barz, Monika; Leistner, Herta; Wild, Ute: Lesbische Frauen in der Kirche. – Stuttgart, 1993

Becher, Ursula A, J.; Rüsen, Jörn: Weiblichkeit in geschichtlicher Perspektive. Fallstudien und Reflexionen zu Grundproblemen der historischen Frauenforschung. – Frankfurt/M., 1988

Beauvoir, Simone de: Das andere Geschlecht. Sitte und sexus der Frau. – Reinbek, 1987

Beurdeley, Cecile: L'Amour Bleu. Die homosexuelle Liebe in Kunst und Literatur des Abendlandes. – Berlin, 1988

Bleibtreu-Ehrenberg, Gisela: Homosexualität. Die Geschichte eines Vorurteils. – Frankfurt/M., 1978

Böhm, Karl Werner: Zwischen Selbstsucht und Verlangen. Thomas Mann und das Stigma Homosexualität. – Würzburg, 1991

Brantenberg, Gerd: Vom anderen Ufer. – München, 1983

Bright, Susie: Susie Sexperts Sexwelt für Lesben. – Berlin, 1993

Califia, Pat: Sapphistrie. Das Buch der lesbischen Sexualität. – Berlin, 1981

Campe, Joachim: Andere Lieben – Homosexualität in der deutschen Literatur. – Frankfurt/M., 1988

Curb, Rosemary; Manahan, Nancy: Die ungehorsamen Bräute Christi. Lesbische Nonnen brechen das Schweigen. – München, 1988

Derks, Paul: Die Schande der heiligen Päderastie. Homosexualität und Öffentlichkeit 1750 – 1850. – Berlin, 1990

Dekker, Rudolf; Pol, Lotte van der: Frauen in Männerkleidern. Weibliche Transvestiten und ihre Geschichte. – Berlin, 1990

Dijk, Lutz van: Ein erfülltes Leben – trotzdem... – Erinnerung Homosexueller 1933 – 1945. – Hamburg, 1992

Documents of homosexual rights movement in Germany 1836 – 1927 / hrsg. v. J. Katz. – New York, 1975

Ellis, Havelock; Symonds, John A.: Sexual Inversion. – London, 1897

Erkenntniswunsch und Diskretion. Erotik in biographischer und autobiographischer Literatur / hrsg. v. Gerhard Härle, Maria Kalveram u. Wolfgang Popp. – Berlin, 1992

Fadermann, Lillian: Köstlicher als die Liebe der Männer. – Zürich, 1990

Fernandez, Dominique: Der Raub des Ganymed. Eine Kulturgeschichte der Homosexualität. – Freiburg, 1992

Fernau, Joachim: Sappho. Ein griechischer Sommernachtstraum. – München; Berlin, 1986

Foucault, Michel: Sexualität und Wissen. – Frankfurt/M., 1977

Gay, P.: Die zarte Leidenschaft. Liebe im bürgerlichen Zeitalter. – München, 1987

Gender and reading. Essays on Readers, Texts and Contexts / hrsg. v. Elizabeth A. Flynn u. Patriocinio P. Schweickart. – Baltimore; London, 1986

Grau, Günter: Lesben und Schwule – was nun? – Berlin, 1992

Gollner, G.: Homosexualität. Ideologiekritik und Entmystifizierung einer Gesetzgebung. – Berlin, 1974

Gutsche, Kerstin: Ich ahnungsloser Engel. Lesbenprotokolle. – Berlin, 1991

Hacker, Hanna: Frauen und Freundinnen. Studien zur »weiblichen Homosexualität« am Beispiel Österreich 1870 – 1938. – Weinheim; Basel, 1987

Heger, Heinz: Die Männer mit dem rosa Winkel. – Hamburg, 1972

Herzer, M.: Bibliographie zur Homosexualität. Verzeichnis des deutschsprachigen nichtbelletristischen Schrifttums zur weiblichen und männlichen Homosexualität. – Berlin, 1982

Hirschfeld, Magnus: Berlins Drittes Geschlecht. – Berlin; Leipzig, 1905

Hirschfeld, Magnus: Die Homosexualität des Mannes und des Weibes. – Berlin, 1914

Hite, Shere: The Hite Report. – o. O., 1976

Hohmann, Joachim S.: Schiffe, die sich nachts begegnen. Klassische Erzählungen und Lichtbilder aus der Welt der Homosexuellen. – Frankfurt/M., 1988

Homosexualität in der Nazizeit. Dokumente einer Diskriminierung und Verfolgung / hrsg. v. Günter Grau. – Frankfurt/M., 1993

Kalveran, Maria; Popp, Wolfgang: Homosexualitäten – literarisch. – Essen, 1991

Kinsey, Alfred C.: Sexual Behavior in the Human Female. – Philadelphia, 1953

Krafft-Ebing, Richard: Psychopathia Sexualis. – Stuttgart. 1886

Kokula, Ilse: Jahre des Glücks, Jahre des Leids. Gespräche mit älteren lesbischen Frauen. – Kiel, 1986

Kraushaar, Elmar: Schwule Liste. Namen, Daten und Geschichten, , – Reinbeck 1994

Kristeva, Julia: Geschichten von der Liebe. – Frankfurt/M., 1989

Lesben, Liebe, Leidenschaft. Texte zur feministischen Ideologie / hrsg. v. Joann Loulan, Margaret Nichols, Monica Streit u. a. – Berlin, 1992

Lesbian History Group: ...und sie liebten sich doch. Lesbische Frauen in der Geschichte 1840 – 1985. – Göttingen, 1991

Lützen, Karin: Frauen lieben Frauen. Freundschaft und Begehren. – München, 1992

Mayer, Hans: Außenseiter. – Frankfurt/M., 1981

Miller, Nancy K.: The Poetics of Gender. – New York, 1986

Molitor, Dietrich; Paopp, Wolfgang: Lexikon homosexueller Belletristik. – Siegen, 1982

Moosdorf, Johanna: Die Freundinnen. – München, 1977

Ostwald, Hans: Männliche Prostitution im kaiserlichen Berlin. – Berlin, 1992

Ott, Volker: Homotropie und die Figur des Homotropen in der Literatur des 20. Jahrhunderts. – Frankfurt/M., 1979

Plummer, Kenneth: The Making of the Modern Homosexual. – London, 1981

Popp, Wolfgang: Männerliebe. Homosexualität und Literatur. – Stuttgart, 1992

Positively gay. New Approaches to gay and lesbian life / hrsg v. Betty Berzon. – Berkeley, 1992

Ranke-Heinemann, Uta: Eunuchen für das Himmelreich. Katholische Kirche und Sexualität. – Hamburg, 1989

Riess, C.: Auch du, Cäsar ... Homosexualität als Schicksal. – München, 1981

Rul, Jane: Desert of the Heart. – London, 1986

Salamus. Männliche Homosexualität in der Literatur des 20. Jahrhunderts / hrsg. v. David Galloway u. Christian Sabisch

Schoppmann, Claudia: Der Skorpion. Frauenliebe in der Weimarer Republik. – Kiel, 1985

Schultz, Hans Jürgen: Liebespaare. – München, 1993

Sommer, Volker: Wider die Natur? Homosexualität und Evolution. – München, 1990

Stein, Gertrude: Autobiographie von Alice B. Toklas. – Leipzig; Weimar, 1986

Stümke, Hans-Georg: Homosexuelle in Deutschland. Eine politische Geschichte. – München, 1989

Symonds, John Addington: Die Homosexualität in Griechenland. – Berlin, 1992

Tessina, Tina: In guten wie in schlechten Tagen. Anregungen für homosexuelle Paare. – Reinbek, 1991

Transsexualism and Sex Reassignment / hrsg. v. Richard Green u. John Money. – Baltimore, 1969

West, Celeste: Lesben Knigge. Ein Ratgeber für alle Liebeslagen. – Frankfurt/M., 1992

Wolff, Charlotte: Psychologie der lesbischen Liebe. Eine empirische Studie der weiblichen Homosexualität. – Reinbeck, 1973

Maskenball. Zeichnung von Jeanne Mammen. Privatbesitz

Personenregister

(Die geraden Ziffern beziehen sich auf den Text, die kursiven auf die Bildunterschriften.)

Bildnachweis

Archiv des Autors S. 135
Archiv des Verlages S. 5, 9, 11, 12, 29, 36, 41, 43, 48, 51, 58, 69, 83, 93, 95, 97, 104, 107, 113, 114, 119, 123, 124, 133, 137, 140, 147, 151, 159
Bartsch, Berlin S. 163
Berlin Museum S. 133
Bibliothèque Nationale, Paris S. 22, 111
Bildarchiv Preußischer Kulturbesitz, Berlin S. 13–17, 19–21, 24, 30, 31, 35, 39, 40, 44–46, 50, 53, 55, 65, 72, 77, 80, 91, 98, 99, 101, 108, 117, 126, 128, 131, 139
Blinkhorns, Bambury S. 85
Clichés des Musées Nationaux, Paris S. 2/3
Georges Routhier S. 116
Musée de Cluny, Paris S. 37
Musée du Louvre, Paris S. 27
Musée Gustave Moreau, Paris S. 33
Spinnboden, Lesbenarchiv e. V., Berlin S. 121 (Foto: Carl van Vechten/Beinecke Library, Yale U.), 153 (Foto: Ute Weller, Essen), 160 (Foto: Alecio de Andrade)
Studio de Wolf, Teltow S. 155, Schutzumschlagvorder- und -rückseite